Kristina Schilke
Elefanten treffen

Kristina Schilke

Elefanten treffen

Erzählungen

PIPER
München Berlin Zürich

Mehr über unsere Autoren und Bücher:
www.piper.de/literatur

ISBN 978-3-492-05753-0
© Piper Verlag GmbH, München/Berlin 2016
Satz: Kösel, Krugzell
Gesetzt aus der Walbaum
Druck und Bindung: CPI books GmbH, Leck
Printed in Germany

INHALT

Man wüsste es sonst nicht   7
Das seltsame Tier   29
Ich bin es   51
Geringe Unterschiede   63
Zeit für Ruhe   79
Diejenigen, die kriechen   99
Der große Wunsch   117
Was dann passiert   133
Unter seinesgleichen   143
Erste Nacht   153
Das Leben in diesen Tagen   163
Heimchen und andere Insekten   187
Diejenigen, die fliegen   201

Dank   223

MAN WÜSSTE ES SONST NICHT

Thom liegt in seine Schmerzen gekauert auf der Couch. Währenddessen mache ich in der Küche Suppe, zwei unterschiedliche Portionen, eine stückige mit Croutons obendrauf für mich und eine vollständig durchpürierte für Thom. Nach der Suppe bekommt er die Tablette. Nach der Tablette lassen seine Schmerzen nach, er quält sich nicht mehr so, und dann sehen wir fern.

Der Blumenkohl ist schon gar, deshalb gieße ich etwas von der Brühe mit den cremig weißen Röschen in meinen Teller und schütte einige Croutons aus der Packung drauf. Danach stecke ich den Stabmixer in den Topf und decke ihn mit einem Küchentuch ab, bevor ich auf die höchste Stufe drücke. Das Dröhnen des Mixers ist so laut, dass ich in der Zeit, in der ich den Blumenkohl püriere, weder den Fernseher noch Thoms Stöhnen hören kann. Ich ziehe das Handtuch weg. An einigen Stellen ist die Suppe noch klumpig. Ein zweites Mal decke ich den Topf ab und püriere alles noch mal gründlich durch. Dann bin ich auch schon bei Thom im Wohnzimmer, ich halte ein Tablett mit den zwei Tellern Suppe in meinen Händen, ein Tablett, das wir sonst nie benutzt haben, aber auf einmal ist es doch zu etwas gut.

»Wo ist die Tablette?«

»Auf leeren Magen darf man die nicht nehmen, du musst zuerst was von der Suppe essen.«
»Was für eine ist es?«
»Riechst du es nicht?«
»Ich rieche überhaupt nichts.«
»Blumenkohl. Es ist Blumenkohlsuppe.«
Kurz zögere ich, dann stelle ich das Tablett auf dem Couchtisch ab. Ich muss mich erst noch daran gewöhnen, dass Thom zurzeit nichts riechen kann. Ich beobachte, wie er sich den Teller vorsichtig unter das verbundene Gesicht hält und auf die Suppe pustet, bevor er den ersten Löffel nimmt. Thom behält die Suppe kurz im Mund und schluckt sie dann runter.
»Die ist wirklich gut.«
»Danke.«
Aber ich bin mir nicht sicher, ob Thom das nicht einfach aus Liebe sagt, denn wie soll man etwas schmecken, wenn man weder riechen noch kauen kann, sondern nur blind, ohne Genuss, isst, um nicht zu verhungern.
»Wieso hast du dich bloß an das Tor gehängt?«
»Weil wir gewonnen haben.«
Das ist so ein Spiel zwischen uns. Wir machen das seit dem Unfall. Ich frage immer dasselbe, und Thom antwortet immer dasselbe. Es macht vieles ein wenig leichter, wenn man bei der Antwort zusammen lachen kann.

Wie der Unfall passiert ist, ist so unwahrscheinlich, dass mich Leute fassungslos anstarren, wenn ich ihnen davon erzähle. Es ist ein Schwachsinnsunfall. Ich war dabei und habe alles gesehen.

Thom und ich haben meine Familie in ihrem Dorf in Franken besucht. Ganz in der Nähe gibt es einen Fußballplatz mit kleinen Holztribünen. Hier spielen die Jugendmannschaften des Landkreises und manchmal auch die ersten Mannschaften aus der Umgebung. Mein Cousin hat zwei Söhne, und Thom kommt immer und überall mit allen Kindern gut zurecht. Der Ältere der beiden, Xaver, ist ein großer Fan von Thom und vor allem von Thoms Motorrad, und als wir dieses Mal zu Besuch waren, hat der Junge Thom überredet, mit seiner Jugendmannschaft Fußball zu spielen. Einfach nur so. Zum Spaß.

Wir waren im Spätsommer da. Die blauen Stunden zogen sich hin. Mein Cousin und ich saßen auf der Tribüne, seine Frau und meine Mutter waren währenddessen mit dem anderen Sohn, Sebastian, und dem Kochen zu Hause beschäftigt. Wären wir wie verabredet nach dem Spiel heimgekommen, wäre schon alles fertig gewesen. Gerade als die Sonne unterging und alles orange und lila wurde, war das Spiel vorbei, und gewonnen hatte natürlich die Mannschaft, in der Thom spielte. Er hatte sich Mühe gegeben, die Verliererjungs nicht zu sehr runterzuziehen, so lautete es am Schluss nur 3:2. Xaver winkte glücklich zu uns hoch, mein Cousin und ich prosteten ihm mit unseren Bierflaschen zu und winkten zurück. Thom wurde von den Jungs bedrängt und umarmt. Sie waren eine dicke Traube, die an ihm hing, während er sie alle überragte wie ein einsamer nackter Ast. Dann wollte er ihnen zeigen, wie sehr er sich freute, dass er sich mindestens genauso freute wie die Jungs, und ich wusste, dass das stimmte. Thom lief zum Gewinnertor, sprang hoch und hängte sich an die Latte. Mein Cousin lachte, ich war schon etwas benebelt vom Bier, und mein Cousin nahm seine kleine Kamera und machte ein Foto von Thom und den Jungs. Ich weiß noch, in dem Moment dachte ich, das Leben, das läuft eigentlich ganz gut.

Mein Cousin und ich steckten die Köpfe zusammen, um auf dem kleinen Bildschirm der Kamera erkennen zu können, wie das Foto geworden war. Das Foto von Thom, wie er da am Tor hängt und hin und her schwingt. Dann fiel etwas mit einem dumpfen Geräusch. Und dann kam das Kreischen. Ausnahmslos Kinderkreischen. Die einzigen Erwachsenen auf dem Platz waren ja Thom, mein Cousin und ich. Aber mit Thom war es das. Ich stellte mein Bier ordentlich hin, weil ich noch nicht verstanden hatte, was passiert war. Auf dem Platz herrschte ein großes Durcheinander von den ganzen schreienden Jungs, etwas aber sah völlig anders aus als zuvor. Das Tor war es. Es war auf Thom gefallen.

Mit der dicken, schweren Latte ist es mitten auf Thoms Gesicht gefallen. Sein Körper lag unter dem gesenkten Netz. Mein Bier kippte um, als ich hinrannte. Alle rannten hin. Da waren Thoms Haare und das letzte Stück Kinn, der Rest war von der Latte bedeckt. Es sah so aus, als wäre da nie Thoms Gesicht gewesen, sondern immer nur diese Kuhle, in die man die Latte passgenau ablegen konnte, geradezu perfekt dafür gemacht. Die Kinder schrien, mein Cousin scheuchte sie weg und rief den Notarzt.

Wir haben nicht einmal daran gedacht, als Erstes das Tor wegzuziehen, damit Thom atmen konnte. Vielleicht war da neben dem Schock auch ein wenig die

Angst vor dem Anblick dabei. Erst als mein Cousin vom Telefonieren zurückkam, holte er zwei Kinder zusammen, die sich trauten, und die Jungs, mein Cousin und ich hoben das Tor an und zogen es weg, dann ließen wir es wieder auf den Boden fallen. Es kam mir wahnsinnig schwer vor, mein Cousin sagte später, es wiege vierzig Kilo.

Thoms Gesicht war weg. Sogar die starken Jungs schrien jetzt. Thoms Gesicht war nicht wirklich weg, es war aber eine rote, flache Scheibe, aus der zwei Augäpfel zum Himmel guckten. Ich schwöre es: nackte Augäpfel. Die Zähne waren zum großen Teil ausgeschlagen, und der Mund war einfach nur ein Loch in dieser Scheibe. Ich kann nicht genau sagen, was ich gemacht habe, ich glaube, ich stand einfach nur da. Mein Cousin dachte an alles. Er beugte sich zu Thoms Kopf hinunter und lauschte, ganz nah dran mit seinem Ohr an der Stelle, an der früher Thoms Nase und Mund gewesen waren.

»Er atmet.«

»Was sagt er?«

»Er kann doch jetzt nicht reden. Aber er atmet.«

Dann lief mein Cousin dem Notarztwagen entgegen und führte die Männer mit ihren Koffern und einer Trage zu uns. Zwei Ärzte und zwei Sanitäter waren gekommen. Ihre Blicke verrieten Verwunderung, mindestens. Sie wollten als Erstes etwas wegen der Luft und dem Atmen wissen, Thom sollte auf ihre Fragen mit einem Daumen nach oben oder einem Daumen nach unten antworten. Überraschenderweise konnte er das. Später haben mir die Ärzte erklärt, dass in den ersten Minuten nach einem Unfall wie diesem der

Schock so groß sei, dass die Leute überhaupt keinen Schmerz fühlten. Thom hat einfach ruhig zum Himmel geguckt und sich mit den Ärzten mithilfe seines Daumens verständigt. So ist das alles passiert. So war das mit dem Schwachsinnsunfall.

Heute kommt der Verband runter. Danach müssen wir zum Zahnarzt, wo Thom sein vorläufiges Gebiss angepasst bekommt. Man hat uns sehr gründlich auf alles vorbereitet, vor allem bei Thom hat man sich Mühe gegeben.

»Alles, was wir erreichen können, ist eine große Ähnlichkeit mit Ihrem Passbild«, sagte ein Arzt bei einem unserer ersten Besuche. »Sie können in die Öffentlichkeit gehen, Sie können ...«

»Wann kann ich wieder Motorradfahren?«

»Für eine derartige Belastung müssten Sie warten, bis Sie den Helm schmerzfrei ...«

»Aber das wäre bald?«

»Wie gesagt, es sollte Ihnen möglich sein, den Helm schmerzfrei aufzusetzen, ich kann nicht genau prophezeien, wie lange das noch dauert. Die Schwellungen müssen dazu fast gänzlich abgeklungen sein. Wo war ich stehen geblieben? Sie können in die Öffentlichkeit ...«

»Sie waren bei der großen Ähnlichkeit.«

»Richtig. Ich will keine falschen Erwartungen wecken. Denn alles, was wir erreichen können, ist eine große Ähnlichkeit mit Ihrem Passbild. Sie müssen mit Narben rechnen.«

So ungefähr ist bisher jedes der unzähligen Gespräche mit den Ärzten verlaufen. Die Ärzte geben sich

Mühe, auf die Narben und die Schwellungen und die unerwarteten Verschiebungen im Gesicht hinzuweisen, und Thom will wissen, wann er dieses oder jenes wieder machen kann. Ab wann geht Motorradfahren? Ab wann Alkohol? Wie lange muss er noch von der Arbeit befreit werden?

Heute sitzen wir also wieder im Zimmer des Arztes und warten auf ihn, dieses Mal ist es ernst, der Verband kommt tatsächlich runter. Dann öffnet sich die Tür, und der wehende Kittel des eilig auf uns zukommenden Arztes befördert einen Windhauch zu uns. Der Arzt schiebt ein Wägelchen mit einer Metallschale darauf neben Thoms Stuhl. In diese Schale legt er eine Schere und daneben einen Handspiegel mit der Spiegelfläche nach unten. Wir reden uns warm, aber ich bin zu nervös, um mitzukriegen, worum es geht. Ich drücke Thoms Hand, was vermutlich eher mir statt Thom nützt, denn er sitzt nur erwartungsvoll, aber ruhig da, während der Arzt damit anfängt, sehr vorsichtig einige Stellen im Verband anzuheben und durchzuschneiden.

Das dauert eine Weile, und der Arzt legt die zerschnittenen Verbandsteile in die Schale. Der Verband ist innen drin an vielen Stellen gelblich bis braun verfärbt. Natürlich kommt das mit dem Braun hin, denke ich mir, während ich mich auf den Verband in der Schale konzentriere und nicht auf Thom. Das kommt hin, weil das Blut ja oxidiert. Dann sehe ich zu Thoms Gesicht hoch.

»Mein Gott.«

»Sie müssen bedenken, dass die Schwellungen noch zurückgehen und die Narben mit der Zeit etwas verblassen werden. Da könnte man auch einiges mit Cremes erreichen.«

»Nein, ich meine, mein Gott, es sieht so gut aus.«

Thom nimmt den Handspiegel und führt ihn zu seinem Gesicht. Als er sein Spiegelbild sieht, lächelt er, jetzt lächelt auch der Arzt, und mir kommen die Tränen. Der Arzt reicht mir ein Taschentuch aus seinem Kittel, ohne von Thoms Gesicht wegzusehen und ohne mit dem Lächeln aufzuhören. Es ist tatsächlich Thoms Gesicht. Ja, da sind überall Schwellungen, vor allem um die Nase herum und unter den Augen, und ja, da sind Narben, die noch feucht und frisch aussehen, und der zahnlose Mund hat etwas Greisenhaftes an sich, aber es ist Thoms Gesicht. Eindeutig Thoms Gesicht. Ich weiß nicht, wie sie es gemacht haben.

Thom ist immer noch auf die starken Tabletten angewiesen, aber es werden zusehends weniger. Dank des Kunstgebisses fängt er auch langsam wieder damit an, normale Sachen zu essen, außerdem gibt es seinem Gesicht mehr Kontur. Und da es aufwärtsgeht, haben wir zur Feier des Tages beschlossen, heute mal nicht fernzusehen, sondern spazieren zu gehen.

Wir spazieren durch den Park und halten uns an unseren behandschuhten Händen. Alles im Park ist weiß vor Schnee, außer den Krähen, die am Boden nach Essbarem suchen und uns nicht aus den Augen lassen, während wir vorbeigehen. Es sind düstere Vögel, die mehr von unserem Leben verstehen als wir selbst.

»Hast du schon überlegt, was wir Weihnachten machen?«

»Na, wir bleiben hier, dir zuliebe. Wir können nicht einfach so wegfahren.«

»Warum?«

»Du musst doch erst noch gesund werden.«

Während wir reden, blicken wir geradeaus auf den leeren Weg vor uns. Aus unseren Mündern steigt die Wärme auf, man sieht sie deutlich in der Luft.

»Vielleicht brauche ich auch einfach mal Ruhe und kein riesiges Familienfest.«

»Aber du bist ja nicht die mit den ganzen Knochenbrüchen.«

Ich weiß, was er meint, aber ich weiß nicht, warum mich das so wütend macht.

»Weißt du, ich musste mich einfach ans Tor hängen, wir haben ja gewonnen.«

Ich lächele. Wir beschließen, Weihnachten zu Hause zu bleiben, alles ruhig angehen zu lassen. Dann beschließen wir, ein Eis in der Stadt zu essen, schließlich muss Thom noch eine Tablette nehmen. Als wir weitergehen, frage ich Thom etwas, das ich ihn in den letzten Monaten sehr oft gefragt hatte, nämlich ob er Schmerzen hat.

»Na ja, damals, das mit dem Motorrad und dem Schienbein war schlimmer. Dieses Mal schaffen es die Tabletten, dass alles weggeht.«

Ich denke angestrengt nach. Wie – du meine Güte – konnte etwas schlimmer sein?

In dem Waldesreuther Eiscafé stehen nur vier kleine runde Tische, und wir sind die Einzigen hier, im Winter will niemand Eis. Der Besitzer bringt mir meinen Bananensplit, und Thom bekommt Spaghettieis. Wir fangen an zu löffeln. Nach einer Weile krame ich in meiner Tasche und hole die Tablettenpackung heraus, ich lege eine Tablette neben Thoms Spaghettieis, das er ganz langsam isst. Man sieht, er hat sich noch nicht an das Gebiss gewöhnt. Nachts nimmt er es immer heraus und legt es in ein Glas auf seinem Nachttisch. Zahnlos wirkt er bedürftig. Ich schmiege mich dann mit dem Rücken an ihn, und er legt seinen schweren Arm um mich.

Nachdem ich meinen Bananensplit gegessen habe und nichts mehr zu tun ist, sehe ich Thom dabei zu, wie er mit seinem Eis fertig wird, danach legt er die Tablette auf seine Zunge und spült sie mit Wasser runter. Während er die Tablette auf seine Zunge legt, zwinkert er mir zu. Und auf einmal weiß ich es. Ohne es benennen zu können, weiß ich, dass etwas ganz und gar falsch ist an Thoms Gesicht. Es ist falsch. Damit meine ich nicht die Narben und die Schwellungen, nichts von den offensichtlichen Sachen, das Falsche ist ganz unerwartet und versteckt.

Thom nimmt nur noch morgens und abends eine Tablette. Die Schwellungen sind weiter zurückgegangen, und die Narben werden tatsächlich blasser. Thom und der Arzt sind sehr zufrieden, die Erwartungen sind übertroffen worden, das medizinische Personal, das ihn gepflegt hat, ist richtiggehend glücklich bei Thoms Anblick.

Ich weiß mittlerweile, was es ist, das so falsch ist. Es sind die Augen. Irgendetwas stimmt mit Thoms Augen nicht. Ihr Sitz und die Form der Lider sind um eine Winzigkeit verschoben. Das sind nicht die Augen, die ich seit sieben Jahren kenne. Und wenn es nicht die Augen sind, dann ist es nicht der Mensch. Ist es nicht so?

Ich sitze im Wohnzimmer und blättere in einem Filmmagazin, ich studiere die Gesichter der Schauspieler. Bald habe ich es durch, dann fange ich wieder von vorne an. Und dann höre ich Thoms Stimme aus dem Schlafzimmer, er hat sich vorhin hingelegt. Ich höre seine Stimme, aber er ruft nicht nach mir, sondern murmelt etwas vor sich hin. Ich blättere weiter, meine Hände schwitzen, die Seiten kleben an meinen Fingern. Das Gemurmel wird lauter, und ein anderes Geräusch kommt dazu.

Die Seite des Filmmagazins, die gerade aufgeschlagen ist, zeigt zwei blasse Mädchen, die nebeneinander an einem Tisch sitzen. Es ist gedeckt, aber ihre Teller sind leer. Sie sind nicht nur blass, sie sehen beinahe wie Albinos aus, die Haare weißblond, keine sichtbaren Augenbrauen, kein einziger Farbtupfer in ihren Gesichtern, sie wirken bedrückt, und über ihren Köpfen steht geschrieben *Wir sind, was wir sind*.

Erst als Thom wirklich laut nach mir ruft, gehe ich zu ihm ins Schlafzimmer. Unser großer Kleiderschrank steht offen, Thoms Motorradhandschuhe und seine Motorradjacke liegen auf dem Bett, Thom trägt schon die Hose dazu, und das Geräusch, das ich in der Küche gehört habe, ist das Geräusch von Plastik, wenn man dagegenhaut, es kommt vom Helm.

»Ich dachte, ich fahr wieder eine Runde mit den Jungs. Ich wollte den Scheißhelm aufsetzen, aber er steckt fest.«

»Dein Gesicht ist geschwollen. Wieso wolltest du bloß den Scheißhelm aufsetzen?«

»Weil ich es vermisse! Ich kann nicht nur zu Hause rumsitzen. Ich muss raus und was machen.«

»Und wenn du mit dem Motorrad einen Unfall baust, was dann? Dann ist dein Gesicht noch kaputter als jetzt.«

»Es ist nicht kaputt. Es ist wieder okay.«

»Nie im Leben ist es okay!«

Der Helm steckt mitten auf der Nase fest, Thom hält ihn mit beiden Händen, er wirkt wie ein hilfloser Krieger aus der Zukunft. Ich gehe hin und umarme ihn fest und liebevoll, er umarmt mich mit einer Hand zurück, mit der anderen hält er den Helm auf seinem Kopf fest. Dann setzt er sich auf die Bettkante, ich stütze mich mit einem Fuß am Bett ab und ziehe an dem Helm. Thom hat dabei Schmerzen, natürlich. Ich ziehe zwar fest, aber nicht so fest, wie ich könnte. Und weil ich Thoms Gesicht nicht richtig anpacken darf, kann ich den Helm nicht an seinem Rand greifen, und meine schwitzenden Hände rutschen immer wieder am glatten Schwarz des Plastiks ab. Dann wische ich sie ab und tue etwas Gesichtspuder drauf. Ich lasse mir Zeit dabei, und dann versuchen wir es noch mal. Dieses Mal klappt es. Thom reibt sich den roten Strich, der quer über sein Gesicht verläuft, knapp unter dem Problem, den Augen. Ich starre diese Augen an. Immer wieder starre ich sie an, ohne auf eine Lösung zu kommen.

Mittlerweile passt der Helm wieder auf Thoms Kopf. Ein paar Monate sind vergangen. Thom arbeitet weiter im Altersheim. Er hat nur noch bei Regen oder Nebel Schmerzen, ansonsten aber wohl nicht mehr. Alle beteiligten Ärzte sind so glücklich über das Ergebnis, dass sie Thom gebeten haben, Vorher- und Nachherfotos auf Kongressen zeigen zu dürfen. Um seine Anonymität zu wahren, wurde auf den fertigen, beeindruckenden Fotos ein schwarzer Balken über seine Augen gelegt. Thoms falsche Augen. Aber ich habe Strategien gefunden, damit umzugehen.

Wenn Thom von der Arbeit nach Hause kommt, greifen diese Strategien ineinander und bilden mein perfektes System. Zum Beispiel: Es klingelt jetzt an der Tür. Ich weiß, es ist die Zeit, in der Thom kommt, deshalb mache ich im Flur das Licht aus. Dann begrüßen wir uns im Halbdunkel. Wir küssen uns, dabei schließe ich die Augen, seine vernarbten Wangen sind noch etwas kalt von der frischen Luft draußen. Aber seine Lippen sind dieselben wie früher.

»Heute Nacht ist leider die Frau Preidl gestorben. Ich kam an, dann haben sie's mir gleich erzählt.«

»Das ist sehr schade. Die mochtest du gern, oder?«

»Sie war noch so gut dabei. Ich hab manchmal Domino mit ihr gespielt.«

»Hat sie gelitten?«

»Nein. Alles ging ratzfatz.«

»Dann hat die Frau Preidl Glück gehabt.«

»Eine gute Frau.«

Wir gehen in die Küche, und wie immer in letzter Zeit schlage ich vor, dass Thom einen Salat macht, während ich etwas koche. Die Salatschüssel stelle ich für Thom auf den Esstisch, ich selbst koche am Herd, so stehen wir Rücken an Rücken und können uns unterhalten, ohne dass ich seine Augen sehen muss. Nach dem Essen kann man sich ganz leicht ablenken. Wir gucken fern, dabei achte ich genau auf alle Szenen und

Dialoge. Und dann ist es auch so, dass ich eine gütige und freigiebige Freundin geworden bin. Ich unterstütze Thom dabei, seine Motorradjungs zu treffen, dann trinken sie, dann kommt er abends sehr spät heim und will nur noch schlafen.

An diesem Abend kommt es aber nicht dazu, an diesem Abend legt Thom auf der Couch den Arm um mich und streichelt mein Gesicht und küsst mich. Das allerdings ist ein großes Problem.

Seit der Sache mit Thoms Augen hat sich ein Bereich aufgetan, der mich ratlos macht. Ich habe niemandem davon erzählt. Es geht um den Sex.

Das erste Mal, als wir es seit dem Unfall wieder getan haben, war am Tag der Verbandsabnahme, ich war oben und hatte so viel Lust. Wochenlang machten wir es miteinander, bis das mit den Augen kam. Seitdem will ich es, aber ich will es auch nicht.

Auch dafür habe ich Strategien entwickelt. Erstens ist es viel weniger geworden, seit Thom wieder arbeitet. Zweitens sage ich die meiste Zeit, dass er mich von hinten nehmen soll. Drittens schalte ich das Licht aus, Thom schaltet es dann wieder ein, ich schalte es wieder aus, Thom schaltet es wieder ein, ich mache Witze über meine Oberschenkel oder meinen Hintern, Thom lässt es dann aus, und wir tun es.

Gestern Abend, an einem Samstag, haben wir es auch getan. Ich war sowohl mit dem ganzen Abend als auch mit dem Sex ganz zufrieden. Wir haben dann ausgeschlafen. Die Sonne ist jetzt, im Sommer, ganz scharfzüngig, und die Strahlen sind durch das Fenster direkt auf unser Bett gefallen. Deswegen bin ich vor Thom aufgewacht. Ich stehe also auf und lasse die Jalousien runter und lege mich wieder hin. Thom schläft noch fest. Ich schmiege mich an ihn und beuge mich über sein Gesicht.

Mit den Fingerkuppen studiere ich seine Narben und streichle die kleinen Reißverschlüsse. Mit ihrer ganzen Kunstfertigkeit haben die Ärzte diese Reißverschlüsse geschaffen, innen drin ist das blanke Chaos versteckt. Ich denke mir, wie schnell und dumm der Unfall passiert ist, in wie vielen Krankenhäusern wir gewesen sind, wie oft ich gesehen habe, wie die gelben Tropfen von Thoms Urin so lange in den Katheter flossen, bis er voll war. Aber das alles liegt in der Vergangenheit. Und das Gute an der Vergangenheit ist, dass es einem völlig freisteht, sich nicht mehr an sie zu erinnern.

Vielleicht habe ich mit meinen Fingerkuppen doch zu viel Druck auf die Narben ausgeübt, vielleicht hat Thom aber auch unbewusst durch den Schlaf hindurch gespürt, dass ich ihn beobachte, auf jeden Fall ist er aufgewacht. Vorsichtig und noch nicht klar bei Verstand öffnet er seine Augen einen Spaltbreit. Und sieht mich an. Die Ahnung, was mit seinen Augen nicht stimmt, durchdringt mich. Sobald Thom ganz wach geworden ist, küsst er meine Brüste, die ihn bestimmt die ganze Zeit über angestarrt haben, als ich da so vor ihm gesessen habe. Er küsst sie auf ihre Spitzen, eine nach der anderen, dabei streicht er über meine Hüfte.

Wie Thom und ich uns kennengelernt haben, das ist Romantik. Ich weiß noch alles. Es war vor sieben Jahren, bei einem Elefantentreffen. Thom war neunzehn, es war sein zweites Treffen, ich war achtzehn und bin mit einer Freundin hin, wir wollten einfach nur feiern.

Das Elefantentreffen ist ein Treffen für Motorradfahrer im Bayerischen Wald, es findet jeden Februar statt. Die schweren Maschinen fahren dann mit Gebrüll durch die ruhigen Straßen an den Siedlungen und Kleinstädten vorbei. Auf dem Hinweg zu meinem ersten Elefantentreffen saß ich mit meiner Freundin im Auto, auf dem Rückweg saß ich hinter Thom, war glücklich und umarmte seine windkalte Lederjacke.

Meine beste Freundin damals hieß Gudrun, wir haben uns mittlerweile aus den Augen verloren. Nachdem sie Tankred geheiratet hat und in die Neubausiedlung gezogen ist, die man jahrelang nur *die Mord-Siedlung* genannt hat, weiß ich nicht mehr so recht, was sie macht. Früher, da war sie ziemlich feierwütig gewesen, sie war diejenige, die unbedingt zum Elefantentreffen wollte. Wir fuhren in ihrem alten gelben Golf hin, und sie fuhr so schlecht und schnell, dass es für mich überhaupt keinen Unterschied machte, für den Rückweg auf das Motorrad zu wechseln und hinter Thom zu sitzen, denn Angst um mein Leben hatte ich sowieso.

Am ersten Abend parkten wir am Waldrand, die vielen Motorräder sahen aus wie eine Armee aus Chrom. Dann gingen wir in Richtung der Lagerfeuer, die zwischen den Bäumen hindurchflackerten. Wir fühlten uns fast wie auf einem Familientreffen. Um mehrere Feuerstellen saßen Leute und unterhielten sich mit Bier oder Schnaps in der Hand, es gab eine Hütte mit Ausschank und eine riesige Schlange davor. Nur ein

Typ fiel auf, er ließ sich von seinen gut gelaunten Freunden aus einem Kanister mit Schlauch etwas einflößen. Als wir an ihm vorbeigingen, roch es stark nach Rum. Ich war schon immer eher das Tequila-Mädchen gewesen, Rum hatte ich noch nie ausstehen können, erst später bin ich ganz auf Bier umgestiegen.

Wir setzten uns an eins der großen Lagerfeuer. Rundherum waren Bierbänke aufgestellt. Gudrun und ich froren ganz schrecklich und starrten zuerst eine Zeit lang das Feuer an, bevor wir überhaupt etwas sagen konnten. Als wir uns genug aufgewärmt hatten, ging sie zu der Schankhütte, um uns etwas zu trinken zu holen, ich blieb allein am Feuer zurück. Bald bekam ich Gesellschaft. Ein Mann mit langen, strähnigen Haaren und randloser Brille setzte sich zu meiner Linken auf die Bank. Ich glaube, er hat mich nicht angesteuert, sondern sich nur zufällig diese Bank ausgesucht. Gudrun kam und kam nicht. Irgendwann fing der Mann an zu reden. Und irgendwann wurde es eigenartig.

»Weißt du, was ich beruflich mache?«

»Nein.«

»Was machst du?«

»Ich hab gerade erst die Schule fertig gemacht. Abitur.«

»Willst du jetzt wissen, was ich mache?«

»Ich bin neugierig geworden.«

»Ich arbeite für eine Besamungsanstalt. Für Tiere natürlich. Da können sich Bauern und Betriebe lauter Tiersamen raussuchen, um ihre Säue und Kühe und wen sonst noch alles damit zu befruchten.«

»Werden die nicht gedeckt?«

»Schon lange nicht mehr. Die kriegen alle eine Riesenspritze mit dem Samen hinten reingesteckt, und dann sind die trächtig. Wann auch immer man will, dass die trächtig sind. Die können das jedes Jahr sein.«

»Und wie ist die Arbeit so?«

»Sehr abwechslungsreich. Wir sammeln Samen von allen möglichen Tieren.«

Ich habe nicht danach gefragt, wie sie die Samen von den Tieren bekommen, was genau er da machen muss, aber dieser Mann hat mir trotzdem alles erzählt. Er hielt einen langen Monolog. Manchmal habe ich zu ihm rüber gesehen, während er sprach. Mir fiel auf, dass er mit seinem schlanken Gesicht wie ein junger unsicherer Arzt aussehen würde, wenn man die langen Haare und die Motorradjacke weggelassen hätte. Ich habe dagesessen, zugehört und immer wieder Ausschau nach Gudrun gehalten, aber sie war nirgends. Ich dachte mir, vielleicht ist sie genauso verloren gegangen wie ich, weil ihr irgendein Typ etwas über seine entsetzliche Arbeit erzählt.

»Wir haben Böcke in allen möglichen Größen. Ein Erpel muss den genauso gut bespringen können wie ein Hengst.«

»Und das wievielte Elefantentreffen ist das bei dir?«

»Das ist eine ziemlich interessante Arbeit. Und eine wichtige. Die meisten Leute wissen gar nicht ...«

Und so ging das weiter. Ich überlegte, wohin ich gehen könnte, um von ihm wegzukommen, aber Gudrun war ja noch irgendwo da draußen, und wir hätten uns verloren, wenn ich gegangen wäre. Wir hatten unsere Telefone absichtlich vergessen als beste Entschuldigung dafür, wieso weder unsere Eltern uns erreichen noch wir sie anrufen konnten.

Dann setzte sich ein zweiter Mann zu mir auf die Bank. Er war etwa so alt wie ich und hübsch, dazu noch nüchtern, er hielt nur eine kleine Dose Bier in der Hand. Es war Thom. Kurze Zeit später wusste ich das. Und kurze Zeit später wusste er, wer ich war. Das Erste, was Thom tat, als er sich zu mir auf die Bank setzte, war so einfach wie wirkungsvoll.

»Robert, willst du ihr das noch lange erzählen? Deine Jungs warten auf dich. Ich hab sie bei der Hütte getroffen, die wundern sich, wo du bleibst. Und du, du hockst hier.«

»Jessas!«

Bevor er sich verabschiedete, bot er mir noch einen letzten Schluck aus seiner Flasche an, die er, solange er mir von den Tieren erzählte, fast komplett geleert hatte. Ein paar Mal hatte ich davon probiert, deshalb wusste ich, was in der Flasche war, Waldmeister und Wodka. Dieses Mal lehnte ich ab. Er ging weg, und ich drehte mich zu Thom um. Er lächelte mich an, und von da an suchte ich nicht mehr nach Gudrun.

Gestern hat es geschneit, heute Abend herrscht dichter Nebel. Das Stadtzentrum ist schon für Weihnachten geschmückt. Zwischen den Häusern hängen Lichterketten mit Sternenmotiven, und ihr orangefarbenes Licht verschwimmt in der feuchten Luft. Das wirkt märchenhaft, aber auch unheimlich.

Die Geschäfte schließen gleich. Ich habe kein eigentliches Ziel, ich spaziere nur herum nach einem anstrengenden Tag. Ich unterbreche meine Ausbildung zur Technischen Zeichnerin immer wieder zwischendurch, gerade aber mache ich sie. Noch ist nichts entschieden.

Ich stehe vor dem Schaufenster einer Buchhandlung, der einzigen hier, und sehe mir die Auslage an. Auf einem Umschlag steht eine Hütte vor verschneitem Wald, in einem Fenster brennt Licht. Auf einem anderen Umschlag ist die Kraterlandschaft eines fernen Planeten zu sehen und der schwarze Himmel, der ihn umgibt. Auf einem dritten Umschlag versucht ein zu dicker Weihnachtsmann, durch den Kaminschacht zu klettern, was nicht so ausgeht, wie er es sich erhofft hatte. Ein weiteres Buch zeigt ein Paar, das sich selbstvergessen auf einer Bank küsst, die vor den Alpen steht. Auf einmal ruft jemand meinen Namen. Mehrmals hintereinander. Ich drehe mich um, und der Mann, der gerufen hat, sagt es noch ein Mal, dieses Mal nur viel leiser: Elsa. Der Mann trägt eine gesteppte blaue Jacke und hat die Kapuze mit Kunstfellbesatz tief in sein Gesicht gezogen. Die Härchen des Kunstfells beben, wenn der Mann spricht.

»Wie geht es dir jetzt?«
»Ich glaube, du verwechselst mich.«
»Machst du Witze? Das ist nicht witzig.«
»Entschuldige, du verwechselst mich wirklich.«

Ich sage das geschäftig und will auch geschäftig aussehen, als ich versuche zu gehen, aber der Mann packt mich an den Schultern, gar nicht grob, er packt mich einfach. Dann zieht er sich die Kapuze aus dem Gesicht.

»Thom.«
»Was machst du denn für Witze, dass du mich nicht mehr kennst?«
»Tut mir leid, war wegen der Jacke.«
»Aber du erkennst mich doch?«
»Es ist nur wegen der neuen Jacke. Die steht dir.«

»Wie geht es dir jetzt?«

Und ich stehe da und erzähle, wie es mir geht. Wie alte Freunde. Nur dass die Frage, mit wem man jetzt zusammen ist, ausgespart wird. Und danach muss ich weiter dastehen und Thom fragen, wie es ihm geht. In seinem Gesicht gibt es nicht einmal mehr den Anflug einer Schwellung, nur noch die Narben sind da, wenn auch etwas blasser, und ich erkenne das falsche Gebiss. Ich versuche, mich selbst davon zu überzeugen, dass ich mit Thom reden kann, wenn ich mich nur auf den Punkt zwischen seinen Augen konzentriere.

»Machst du noch viel mit den Jungs?«

»Und wie. Im Februar fahren wir wieder zum Elefantentreffen. Weißt du noch? Unser Elefantentreffen. Ich meine, deins und meins.«

»Thom, ich muss jetzt leider wirklich hier rein. Ich habe da als Geschenk ein Buch bestellt und hoffe, dass es schon da ist. Die schließen gleich.«

»Dann musst du gehen, ich will dich nicht stören oder so. Trinken wir bald mal ein Bier zusammen?«

»Unbedingt.«

Ich gebe ihm einen flüchtigen Kuss auf die Wange und eile in das Geschäft, ich drehe mich nicht mehr nach ihm um. Ich schwitze und zittere. Sofort verschwinde ich zu der hinteren Ladenecke, dort stehen die Wörterbücher und Lexika. Die Verkäuferin packt schon zusammen.

»Kann ich helfen?«

»Nein, danke. Ich wollte nur kurz was nachschlagen.«

»Wir machen gleich zu.«

»Das macht nichts. Ich weiß es ja jetzt.«

Die Verkäuferin sieht mich verärgert an, ich verlasse das Geschäft. Da sind wieder die verschwommenen Lichterketten im Nebel, die Läden, die bald schließen, da ist die Stadt, die sich auf Weihnachten vorbereitet, und ich muss mir klarmachen, ich muss diese Tatsache so richtig in meinen Kopf kriegen. Die Tatsache, dass ich ihn nicht erkannt habe.

DAS SELTSAME TIER

Lara und ich lackieren uns die Nägel. Wir machen das nicht nur aus Eitelkeit, wir machen das vor allem für die große Fete morgen: Das Starkbierfest. Die gesamte Klasse hat sich im Bierzelt zwei Tische reservieren lassen. Es wird phänomenal.

»Die Lichtverhältnisse sind wichtig«, philosophiere ich. »Etwas Beiges wird dort niemand bemerken, so schön das am Tag auch wäre.«

»Ja, aber Blau wirkt zu aufgesetzt, so furchtbar sommerlich. Als würden wir in Bikinis auftauchen.«

Die Nagellackfläschchen liegen auf dem Teppich verstreut, wir betrachten sie eingehend. Wir haben unsere Sortimente zusammengelegt. Insgesamt sind es dreiundzwanzig Fläschchen. Ich könnte nicht sagen, was wir mehr lieben, die verrückten Namen der Lacke, das gemeinsame Aussuchen, das Auftragen oder die Farben selbst.

Lara dauert das mit dem Aussuchen zu lange, sie wird ungeduldig. Das merke ich daran, dass sie die Spitzen ihrer Haare nach entzweigeteilten Enden durchsucht. Hat sie so ein Haar gefunden, reißt sie es aus und spaltet es vorsichtig auf. Einmal hat sie es geschafft, ein Haar seiner ganzen Länge nach zu teilen.

»Komm, Lisa, wir müssen uns entscheiden. Das konnten wir doch schon immer gut.«

Selbstverständlich meint sie das ironisch. Wir können uns nicht entscheiden, konnten wir noch nie. Nächstes Jahr machen wir Abitur und wissen noch immer nicht, nicht mal ansatzweise, was wir danach studieren sollen. Wir sind, wie man so sagt, verloren und verwöhnt.

»Lass uns etwas Sicheres wählen.«

»Rot zum Beispiel?«, fragt Lara.

»Das ist doch nichts Sicheres.«

»Aber mit roten Nägeln bekommst du immer, was du willst.«

Ich beuge mich Laras Vorschlag, und sie macht sich daran, unter den vier vorhandenen Rottönen den passenden auszusuchen. Ich sehe aber nicht ein, dass man immer das bekommen sollte, was man will. Nicht alle Gebete müssen erhört werden.

Endlich hat Lara eine Farbe gewählt. Es ist kein blaustichiges Rot, kein fataler Blutton, sondern einer, der vermischt ist mit den fröhlichen, helleren Nuancen von Orange. Ich nehme das Fläschchen in die Hand und drehe es um, der Lack heißt *Rio de Janeiro*.

Das Ganze läuft so, dass ich Lara eine Lackschicht auftrage, dann trägt sie mir eine auf, dann reden wir und lassen unsere Nägel trocknen. So geht das vier Schichten lang. Während des Lackierens schweigen wir. Denn dass der Mensch mehrere Sachen gleichzeitig machen kann, ist nichts weiter als ein grausames Märchen.

Nachdem wir den Unterlack aufgepinselt haben, frage ich Lara nach ihrer Mutter. Wie es ihr geht. Was die Arbeit macht. Frau Huber arbeitet im Rathaus des Landkreises, sie ist zuständig für die Geburtsurkunden. Eltern kommen zu ihr und lassen die Namen für ihre noch ganz frischen Babys eintragen. Manchmal erzählt Frau Huber von besonders lächerlichen Namen. Ich habe noch einige im Kopf: Dave Braumandl. Aleister Hans Krampe. Kim Malina Büttensaft.

»Nein, es gibt keine neuen Namen, aber es gibt da so eine Geschichte. Meine Mutter hat gestern deswegen geweint. Vorgestern auch. Und heute, glaube ich, wird sie auch weinen.«

So fängt Lara an zu erzählen.

»Da gibt es diese Frau. Sie arbeitete mit meiner Mutter zusammen, sie ist vorgestern gestorben.«

»Woran?«

»Am Krebs, Lisa. Der Krebs hat sie erledigt.«

Diese Frau hatte monatelang über arge Bauchschmerzen geklagt, der Appetit ging ihr verloren, ihr Gesicht war aufgedunsen, als hätte sie es zu lange in der Sonne stehen gelassen, und alles schob sie auf den Stress. Vor zwei Wochen tauchte sie in einer neuen Bluse bei der Arbeit auf. Laras Mutter hatte diese Bluse noch nie an ihr gesehen.

»Das Material war eine Polyestermischung, die Bluse war pfirsichfarben mit einem Muster aus kleinen Männern auf Pferden, die Polo spielen.«

Es stellte sich heraus: Die Frau hatte die Bluse gekauft, weil sie von einem Tag auf den anderen einen Bauch bekommen hatte. An einem Tag konnte sie ihre Hose schließen, am nächsten Tag wollte der Knopf nicht mehr zugehen. Dementsprechend passten ihr auch alle alten Blusen nicht mehr.

»Und immer noch hat sie sich nichts dabei gedacht. Sie hat für alles, die Schmerzen, die Appetitlosigkeit, den Bauch, jedes Mal eine andere Erklärung gefunden.«

»Komm, lass uns anfangen«, sage ich nach einer angemessenen Pause. »Die erste Farbschicht ist fällig.«

Zuerst lackiere ich Lara die Fingernägel, und dann macht sie dasselbe bei mir. Wir bleiben still, wissen aber, dass wir bald wieder über den Krebs reden werden.

»Wie kam es raus?«

Ich drängele, weil ich jetzt will, dass die Geschichte endlich zu Ende erzählt wird. Je eher das erwartbare Ende kommt, desto eher kann ich versuchen, sie zu vergessen.

»Sie brach im Rathaus zusammen, und dann passierte alles ganz schnell: Notruf, Einlieferung ins Krankenhaus, Untersuchungen. Dann wacht sie auf, und vor ihr stehen die Ärzte und müssen alles aufbringen, was sie gelernt haben, müssen es ihr sagen. Lisa, sie war voll davon. Er begann wohl in der Bauchspeicheldrüse, und am Ende war ihr gesamter Bauchraum überwuchert. Ich denke dabei an das Haus neben der Post.«

»Das Efeuhaus?«

Dieser verrückte Efeu hat nichts von dem Haus übrig gelassen außer halb zugewucherten Fenstern, durch die wahrscheinlich tagein, tagaus Insekten kriechen.

»Wie lange haben ihr die Ärzte gegeben?«

»Drei Wochen. Sie starb nach zwei.«

Unsere Nägel glänzen rot, und wir halten unsere Hände aneinander. Ich kann mir gut vorstellen, wie wir morgen im Bierzelt auftauchen und mit unserer durchdachten Aufmachung für Furore sorgen werden. Pünktlich zur zweiten Farbschicht sage ich:

»Ich habe auch eine Geschichte zu erzählen.«

»Erst die Farbschicht, dann die Geschichte.«

Also geht es wieder an das konzentrierte Lackieren. Wenn es so still ist wie jetzt und ich Laras Hand in meiner halte und sorgsam den Pinsel bewege, höre ich sogar das Pendel der Uhr im Wohnzimmer. Diese Uhr ist ein Familienerbstück. Das Pendel ist aus Messing, und ein kleines, dickes Kind, ebenfalls aus Messing, sitzt darauf. Es klammert sich verzweifelt an das Pendel, um nicht herunterzufallen. Manchmal schlägt die Uhr einen Gong und manchmal nicht, wir haben die Vermutung, dass sie Unglücke voraussagen kann.

Lara und ich sind alleine im Haus, aber jeden Moment könnte meine Mutter vom Einkaufen zurück sein. Dann wird sie nach einem kurzen Anklopfen in mein Zimmer kommen und uns Bountys anbieten, denn sie weiß, ohne dass es ausgesprochen werden muss, dass uns die Kokosnussfüllung an ferne Länder erinnert.

»Mein Vater hat mir von einem Freund von einem Freund erzählt«, fange ich an. »Der hatte eine Weile lang Kopfschmerzen. Aber er hatte nicht einfach Migräne, sondern geheimnisvolle Kopfschmerzen zum Die-Wände-Hochgehen, zum Umfallen, wie wenn dir jemand in deinem Kopf alles löchrig schießt.«

Lara hat diesen skeptischen Blick, weil ich zu sehr in Fahrt geraten bin beim Beschreiben. Aber ich will es eben anschaulich machen. Es geht darum, dass der Mann seine Augen für die Ursache der Kopfschmerzen gehalten hat, vielleicht etwas mit dem Druck. Die

Augen sind ja auch seltsam genug. Die Größe unserer Augen ist bei unserem Tod nur um etwa ein Viertel größer als bei unserer Geburt, während der Rest von uns ja geradezu explodiert.

»Der Mann geht schließlich zum Augenarzt, und dieser Augenarzt untersucht alles, was er untersuchen kann. Danach schickt er den Mann zum Neurologen.«

»Und dort hat man es entdeckt?«

»So einfach ist das nicht.«

Dabei weiß ich, dass es sehr wohl so einfach ist. Die Reihenfolge ist immer dieselbe: Da versteckt sich etwas Schlimmes in deinem Körper, das sich als harmlos tarnt, die Ärzte finden es, und bald danach öffnet man die Haustür, und da steht auch schon der Tod mit einem netten Blumenstrauß. So früh hatte man ihn nicht erwartet. Aber da ist er. Und er hat nicht vor zu gehen.

»Sie haben im Kopf des Mannes etwas gefunden«, sage ich. Einen Fleck haben sie gefunden. Dieser Fleck breitete sich aus. Wie ein Tintenklecks auf Löschpapier. Aber natürlich müssen sie erst noch richtig hineinsehen, um sagen zu können, ob es ernst ist oder doch nur ein Routineeingriff den Mann vom Glück des ewigen Lebens trennt.

»Die Ärzte öffnen also den Kopf des Mannes. Da stehen sie, im Operationssaal ist es so hell, als würden sie in die Sonne starren, die Gesichter der Ärzte sind zur Hälfte von ihren trübgrünen Mundmasken verdeckt, und was sie sehen, ist längst kein Fleck mehr, sondern ein schreckliches Wesen aus einer anderen Welt, das sich mit seinen Tentakeln im Gehirn des Mannes verkeilt hat. Es bleibt ihnen nichts mehr zu tun. Die Ärzte sagen, sie haben so etwas noch nie gesehen.«

»Wie viel Zeit gaben sie ihm noch?«
»Eine Woche.«
»Wann war es so weit?«
»Nach zwei Tagen.«

Mehr haben wir zu dem Mann nicht zu sagen. Jetzt ist der Überlack dran. Wir sind nicht mehr so auf Präzision aus, schließlich geht es nur noch um den letzten Schliff. Und dann war es das, und Lara meint:

»Wir sind nun Starlets.«

»Wieso nicht Stars?«

»Bei Starlets geht es mehr um Tragik. Sie schaffen es nicht. Sie sind schön und schaffen es trotzdem nicht, und irgendwann stürzen sie sich von einem der Hollywood-Buchstaben.«

Wir hocken auf meinem weichen, weißen Langflorteppich und lassen unsere Nägel trocknen.

»Vorletzten Winter war wieder der Brust-Bus in der Stadt«, beginnt Lara eine letzte Geschichte.

»Ich würde eher Busenmobil dazu sagen.«

»Nein, Brust-Bus.«

Der Brust-Bus also fährt durch die Provinz und macht in kleinen Orten halt. Frauen über fünfzig werden per Brief eingeladen, um dort eine Mammografie machen zu lassen. Denn genau das ist in dem Bus drin: ein Mammografie-Eldorado. Meine Mutter hat mir erzählt, dass es im Bus sogar einen freundlichen jungen Mann gibt, einen medizinischen Assistenten, der nichts anderes zu tun hat, als die Brüste auf dem Gerät auszubreiten. Manchmal verziehen die Frauen ihre Gesichter vor Schmerzen, wenn die Brüste zwischen zwei Platten zusammengepresst werden.

»Meine Großtante war in dem Brust-Bus, und im

Gegensatz zu vielen anderen Frauen, die danach beim Herrn Mioska standen und ihm dabei zusahen, wie er die unverständlichen Aufnahmen ewig lang mit einer Lupe nach etwas durchsuchte, was da nicht hingehörte und am Ende auch nicht da war, stand meine Tante neben Herrn Mioska und konnte es sofort sehen.«

Ich höre Lara zu, warte auf das Unvermeidliche und erkenne: So sehr wie dieses Jahr habe ich mich noch nie auf das Starkbierfest gefreut. Das Starkbierfest erscheint im Gegensatz zum Leben und allem, was darin passiert, wie die lang ersehnte Reise in ein Land der Sonne, eine Reise, die man sich verdient hat, wenn man andauernd im Regen lebt. Und ich will alle Starkbiersorten probieren und ich will spüren, wie mein Kopf leicht wird.

»Beide Brüste waren betroffen, aber es war noch nicht alles verloren.«

»Und dann?«

»Sie haben beide entfernt. Meine Großtante war dann ganz flach, sie wollte auch keine Prothesen.«

In der Stille können wir hören, wie meine Mutter das Haus betritt, mit den Schlüsseln klimpert und den geflochtenen, schweren Einkaufskorb auf dem Boden abstellt. Wir müssen uns mit unserer Geschichte beeilen, denn gleich kommt sie mit den Bountys rein, und dann ist an Ernsthaftigkeit nicht mehr zu denken.

»Wann ist sie gestorben?«

»Gar nicht. Ich habe sie letzte Woche besucht. Alle in unserer Familie gärtnern ja wie bekloppt, und sie macht das jetzt noch mehr als je zuvor. In diesem Jahr hat sie eine alte und beinahe vergessene Möhrensorte angebaut. Irgendwann, wenn man die Möhren aus der Erde zieht, sind sie buckelig und purpur.«

»Purpur ... Mannomann. Aber weißt du was? Brüste sind überschätzt. Wer braucht schon Brüste?«

»Wir«, sagt Lara. »Zumindest noch morgen. Das Starkbierfest ohne Brüste geht gar nicht.«

Im nächsten Augenblick klopft meine Mutter an. Wir bitten sie herein. Während sich die Tür öffnet, noch bevor ich meine Mutter sehen kann, höre ich schon das Knistern der Bountys in ihren Händen.

Wir sitzen in Laras Küche und warten auf Frau Huber. Sie hat schon vor Wochen versprochen, uns zum Starkbierfest zu fahren. Wir haben uns beide auf die hölzerne Ecksitzbank gezwängt, und ich betrachte, wie ich es jedes Mal tue, wenn ich bei Hubers zu Gast bin, das Porträt, das hinter der Sitzbank an der Wand hängt. Es zeigt Laras Urgroßvater, und beide, sowohl der Mann als auch die Fotografie, sind bleich und aus vergangenen Zeiten. Der alte, aber noch stattliche Urgroßvater sitzt an einem Tisch, spielt Zither und blickt auffordernd in die Kamera. Sein Schnurrbart ist auf einer Seite etwas nach oben verschoben, als würde er schmunzeln. Das Zitherspielen hat der Urgroßvater laut Frau Huber andauernd gemacht, gleichgültig, ob daheim eines seiner vielen Kinder geboren wurde oder ob jemand aus der Familie starb, er hat in Wirtshäusern Zither gespielt. Ich habe einmal Frau Huber gefragt, was für ein Mann er gewesen sei, und sie hat gesagt:

»Stell dir einen tiefen, dunklen Brunnen vor, in den man eine Münze fallen lässt, und danach muss man eine ganze Weile warten, bis man endlich hört, wie die Münze ins Wasser platscht. So hat er gesoffen.«

Ich nickte, obwohl ich nicht verstanden hatte, aber Frau Huber machte einfach weiter.

»Bis bei ihm eine Grenze erreicht war, bis in ihn kein Bier mehr passte, konnten die Jahreszeiten wechseln und Kriege angezettelt und wieder Frieden geschlossen werden. Und merk dir eines, Lisa.«

Das macht sie öfters. Nachdem sie mir etwas erklärt hat, was sie für wichtig hält, schließt sie damit, dass ich es mir merken soll.

»An der Vergangenheit, Lisa, am sogenannten Früher, gibt es nichts Romantisches.«

Ich drehe mich wieder um und sehe, wie Lara den Kühlschrank aufmacht, eine Flasche Spezi rausholt und den Inhalt auf zwei Gläser verteilt.

»Wieso nicht gleich Bier?«, frage ich.

»Kein Grund, jetzt schon damit anzufangen.«

Der Klang ihrer Stimme legt sich über das Schäumen der Kohlensäure. Wenn ich es mir recht überlege, gibt es tatsächlich keinen Grund, das Schicksal so früh herauszufordern.

»Was macht sie denn so lange?«

»Was weiß ich«, sagt Lara. »Weinen wahrscheinlich. Oder sich zurechtmachen. Oder sich zurechtmachen, nachdem sie geweint hat.«

Wir trinken unsere Spezi. Ich denke daran, wie durchdacht alles an uns an diesem Abend ist. Unsere roten Nägel passen genauso gut zu meinem Jeansrock wie zu Laras kurzen weißen Shorts, und meine Haare, üblicherweise eine kurze, lockige und dunkle Masse, legen sich heute in hübschen Wellen um meinen Kopf. Was

Laras Haare angeht, so hat sie mich schon im Türrahmen dazu aufgefordert, über ihren Kopf zu streichen. Ich tat es und sagte dann wahrheitsgemäß, dass ihre Haare sich anfühlten wie Wasser oder wie Seide. Wie eine Mischung aus beidem. Stolz erzählte sie mir, dass sie sich fünf Kurpackungen auf einmal reingehauen habe.

Wir haben unsere Spezi schon fast leer getrunken. Frau Huber ist noch immer nicht in Sicht, und schon in fünfzehn Minuten sind alle im Bierzelt verabredet.

»Nächstes Jahr um dieselbe Zeit haben wir schon das Abitur«, sage ich. »Dann sind wir freie Menschen auf dem Weg nach oben.«

»Ich weiß nicht so recht mit dem frei und dem nach oben.«

»Aber alles wird doch besser, Lara, weil wir dann wegziehen.«

Das ist der Augenblick, in dem wir tatsächlich aussprechen könnten, dass es uns so in dieser Form, als Lisa und Lara, ab nächstem Jahr vielleicht gar nicht mehr geben wird. Aber bevor das passiert, kommt Frau Huber herein. Sie grüßt nicht, sondern räumt unsere Gläser in die Spülmaschine und geht in Richtung Garage. Wir folgen ihr.

Im Auto sitzen Lara und ich auf dem Rücksitz, ich sitze hinter Frau Huber. Während sie vor dem Ausparken ihren Spiegel richtet, sehe ich in diesem Spiegel an Frau Hubers Augen, dass sie vor Kurzem geweint hat. Ohne ein Wort an uns zu richten, fährt sie los.

Wir gucken durch die Fenster, und was wir sehen, ist unser Leben. Häuser mit Holzbalkonen, und in diesen Häusern wohnen Menschen, die am Wochenende

Blechkuchen backen, die durch eingelegte Aprikosen wie eine lange, beruhigende Reihe von Spiegeleiern aussehen. Im Stadtzentrum steht der Maibaum, und ich habe mich schon immer gefragt, was für ein Brauchtum dahintersteckt. Ich habe mir aber nie die Mühe gemacht, es herauszufinden. An der Hauswand der Apotheke steht in Frakturschrift *Die Apotheke ist die Stätte, die uns rette auf der Flucht vor dem Himmel, den man sucht.*

Wir fahren mit geöffneten Fenstern. Es ist eine schöne Vorstellung, dass der Wind auf meiner Seite reingeht und auf Laras Seite raus, oder auch umgekehrt. Auf jeden Fall gibt es nichts, was ihn aufhalten könnte. Dass wir uns dem Starkbierfest nähern, kann man mit geschlossenen Augen an der schrecklichen Musik erkennen. Schlager, Volksmusik, Sachen, die man auf Mallorca spielt, während rothäutige Urlauber versuchen, das Mundstück ihres meterlangen Strohhalms zu erwischen. Werden zur Mittags-, also Rentner-, oder zur Nachmittags-, also Familienzeit, noch traditionelle Sachen gespielt, unterlegt man bei Einbruch des Abends dieselbe Musik mit einem Techno-Beat. Dieser Umschwung hat bereits begonnen, also dürfen sich die Familien vertrieben fühlen, und Lara und ich, wir beide, betreten die Bühne.

»Lass uns hier einfach raus.«

Lara beugt sich nach vorne und hält den Beifahrersitz fest umschlungen.

»Nein.«

Es ist das Erste, was Frau Huber heute Abend zu uns sagt.

Wir halten auf dem Parkplatz direkt vor dem Festzelt an. Dieser Parkplatz ist den Großteil des Jahres über eine kurz geschorene Wiese, die nur einige Tage im Juli von Autoreifen zerfurcht wird, bis das Gras weg ist und der Erdboden darunter zum Vorschein kommt, aber später, als sei es ein Wunder, wächst das Gras wieder nach.

Wir stehen in einer Kolonne in der Nähe der Straße, sonst ist nichts frei. Lara und ich legen jeweils unsere Stirn in die paar wenigen Falten, die wir schon machen können, wir wissen nicht, weshalb Frau Huber sich die Mühe gemacht hat, hier zu parken, wir wissen nicht, ob sie gleich anfangen wird zu weinen.

»Ihr Lieben.«

Frau Huber seufzt und schaltet den Motor aus – eine Ankündigung.

»Kennt ihr das Familiengrab der Brauerei-Poigers, das beim Friedhofseingang?«

Ich verstehe nichts, ahne aber, dass es hier gleich losgeht mit den Ratschlägen zum Thema Leben. Doch was sollen wir über das Poiger-Grab sagen? Lara ergreift das Wort.

»Bitte hör auf damit. Lass uns einfach raus. Und klar kennen wir das Poiger-Grab. Jeder kennt es. Es ist das größte auf dem Friedhof. Auf dem Grabstein hat ein Hirte seinen Kopf gesenkt und pennt.«

»Es ist aber kein Hirte, es ist ein Wanderer. Und wisst ihr, weshalb da ein Wanderer mit altem Wanderrucksack auf dem Grabstein ruht? Wisst ihr das?«

Sie wartet einen angemessenen Moment, in dem wir etwas sagen könnten, was wir aber nicht tun, vielleicht wissen wir es ja tatsächlich nicht oder wir haben keine Lust, eine offensichtliche Frage zu beantworten, aus dem Alter sind wir raus.

»Dass es kein Hirte, sondern ein Wanderer ist, hängt mit dem Grabspruch zusammen. Er lautet: Am Ziele des irdischen Wanderns.«

Frau Huber sieht in den Spiegel und damit mich an, ich senke meine Augen und nehme Laras Hand, die ich fest drücke.

»Ihr Lieben, das ist der größte Blödsinn. Der Tod ist kein Ziel. Er erwischt einen kalt, und es gibt nichts, was ihr dagegen machen könnt. Ich habe nachgedacht. Ich liebe das Gärtnern, genau wie Tante Rosi. Wenn wir ein wenig Gerechtigkeit einführen wollen in dieses undurchsichtige System aus Leben und Sterben, müsste ich den Großteil meiner verbleibenden Zeit nur noch gärtnern. In der Erde suhlen. Beete anpflanzen. Ernten. Essen. Gärtnern. Und ihr zwei müsst alles machen, was ihr liebt. Ich vertrage einfach kein Bier, das ist Geschmackssache, aber wenn ihr Bier liebt, dann geht darin schwimmen. Wenn ihr Jungs mögt, dann erzählt mir nicht, was ihr alles mit ihnen macht. Wenn ihr gerne Musik hört, dann macht nur noch das, und zwar so laut, dass ihr taub werdet.«

Schließlich dreht sie sich wieder um und lässt den Motor an. Lara und ich fliehen aus dem Auto. Die Sonne setzt sich am Horizont nieder und färbt den Festplatz mit dem Bierzelt rot. Wir sehen Frau Huber nach, wie sie ausparkt und wegfährt, dann marschieren wir los. Denn wir haben noch einige Rechnungen offen. Und unsere Rechnungen, die bezahlen wir lieber gleich.

Er nennt uns zum Spott oft *Hanni und Nanni*. Oder *Die Zwillinge*. Aber nichts geht ihm über *Hanni und Nanni*. Dabei habe ich noch nie verstanden, was daran das

Beleidigende sein soll. *Hanni und Nanni* war eine beliebte und erfolgreiche Kinderbuchreihe. Die Mädchen schlugen sich durch das Leben im Internat, und ihre Tage dort bestanden weder aus strengen Nonnen noch aus ungewolltem Geschlechtsverkehr, sondern aus Pferdeausritten und Keksen. Jeder hat seine eigene Version von Ereignissen.

»Ich gestatte mir gleich mal das Vergnügen, mich zu den Zwillingen zu setzen«, sagt Franz.

Von allen wird er nur *Der Pfeffer* genannt. Teilweise, weil er mit Nachnamen Pfeffer heißt, teilweise aus anderen Gründen.

Nach seinem Eröffnungssatz steht er auf, und das Starkbier in seiner Mass schwankt gefährlich den Rand hoch, während er sich die Mühe macht, aus seiner Bank vom anderen Tisch zu steigen und sich neben uns, genauer gesagt neben Lara, zu setzen.

Wenn ich den Pfeffer so sehe, muss ich an das denken, was meine Großmutter mir ständig sagt: Fang nicht zu früh mit dem Rumschlafen an. Das Leben wird dir sonst schrecklich lang vorkommen.

Franz nutzt gleich die erste Pause der Musiker: »Ich wüsste gerne, welche von beiden du bist, Hanni oder Nanni.«

»Ich weiß nicht, wie wir uns unterhalten sollen, wenn du mich nicht mal bei meinem richtigen Namen ansprichst.«

Franz macht einen verwirrten Gesichtsausdruck. Lara pikst mit ihrem Finger einen Punkt über ihrem Ausschnitt an und schreit in sein Ohr hinein, als wäre dieses Ohr ein Gefäß, in das man achtlos Salzstangen für eine Party schmeißt.

»Mein Name«, schreit sie.

Franz verfolgt den Weg von Laras Finger zu ihrer Brust und zurück und blickt dann auf ihren Mund. Als er wieder spricht, sagt er nur ein Wort, und dieses Wort lautet: Lara.

An unseren Tisch kommt eine großbusige Kellnerin, sie ist so alt wie unsere Mütter, und ich stelle mir vor, wie sie uns ermahnen wird, wenn wir anfangen, uns wie Sau zu benehmen. Doch das ist natürlich Wunschdenken. Niemand fährt hier mit angezogener Handbremse, und der Kellnerin ist es genauso egal wie allen anderen, ob wir an der Wand zerschellen oder nicht.

Unser Tisch bestellt sechs Starkbiere und zwei Brotzeitteller. Die eigentliche Freude beginnt, wenn wir der Kellnerin dabei zusehen, wie sie die Mass anschleppt, indem sie sie fest an ihre Brust drückt, dabei nicht einmal müde wirkt. Diese Frauen sind stärker als unsere Väter. Und unsere Väter arbeiten ständig, so, wie unsere Mütter zu Hause bleiben und ihr Leben für das hergeben, worauf man in Mafiafilmen anstößt: die Familie.

Wir alle an den beiden Tischen, wir Vorabiturienten, halten unsere Mass hoch und lassen sie aneinanderknallen.

»Auf das letzte Jahr!«

Die ersten Schlucke trinken wir in einer unglaublichen Hast.

Nach zwei Einheiznummern kommt das schreckliche Lied, bei dem alle tanzen müssen. Auch ich klettere auf die Bank. Dabei sehe ich, wie Franz seine linke Hand, ganz vorsichtig und zärtlich, dazu noch völlig unbemerkt von den anderen, um Laras Taille legt. Und Lara wehrt sich nicht, sie lässt diese Hand dort ruhen.

Sie sieht nur kurz zu ihm rüber, seine Lippen bewegen sich, ich merke, dass er die Zeilen aus dem Lied auswendig mitsingt. Etwas an all dem, der Hand auf der Taille, den Lippen und seinem Blick, macht mir Angst. Lara und ich sind so jung. Wir haben nun mal noch keine Männer in unserem Leben. Und die Haut um unsere Augen ist dünn, aber straff. Ich kann mir nicht vorstellen, dass sich auch nur eine dieser Sachen irgendwann ändern könnte.

Den Zeitpunkt, als mir klar wurde, dass ich unwiederbringlich besoffen bin, kann ich genau benennen. Schön ist das nicht gewesen.

Erst mal verstehe ich überhaupt nicht, warum mir ständig Gegenstände aus den Händen fallen, wo ich doch erst vor Kurzem ziemlich gut in der Lage war, mir Brotstücke von einem Teller zu nehmen oder ein Glas zu halten. Ich trinke meine vierte Mass, neben mir unterhält sich Lara mit dem Pfeffer, links von mir erzählt Sabrina von ihrem letzten Urlaub mit den Eltern, einem Urlaub in der Türkei in einem *Magic Club*, so heißt eine Hotelkette, in der man den ganzen Tag lang essen kann und in der die hauseigenen Animateure abends Fackelshows am Swimmingpool veranstalten. Ich höre zu und nicke, dann sehe ich ein übrig gebliebenes Stück Breze auf dem Tisch liegen und denke mir, dass ich nicht einfach nur eine Mass nach der anderen runterkippen kann, dazwischen sollte man auch etwas essen. Also nehme ich mir vor, nach diesem Stück Breze zu greifen und herzhaft hineinzubeißen. Es scheint nichts Schwieriges an dem Vorhaben zu sein, nur die Dauer vom Entschluss bis zur Bewegung meines rechten Arms ist merkwürdig in die Länge gezogen. Dann greife ich endlich nach dem Brot. Auf der kurzen Strecke von der Mitte des Tisches zu meinem Mund fällt es mir etliche Male runter.

Lara dreht sich zu mir um, einen Blick wie diesen habe ich noch nie bei ihr erlebt. Danach passieren die Dinge sehr schnell und ohne mein Zutun. Ich bin nur noch eine Puppe, die man nehmen und irgendwo hinbringen kann. Wir gelangen nach draußen, und Lara weiß noch vor mir, dass es passieren wird. Hinter dem Zelt. Abseits der Containertoiletten und weit abseits der vielen pinkelnden Männer.

Nachdem ich mich zu Ende erbrochen habe, geht es mir besser, aber ich bin immer noch betrunken genug, um über all das Unvorstellbare nachzudenken. Es ist unvorstellbar, dass Lara in eine Stadt zum Studieren ziehen wird und ich in eine andere. Es ist unvorstellbar, dass jede von uns einmal Kinder kriegen wird, Kinder, die in unseren eigenen Körpern erschaffen wurden. Es ist unvorstellbar, dass ich einmal einen Mann lieben werde und dass wir miteinander im Bett liegen und verträumt über unsere Kindheit reden, nachdem etwas zwischen uns passiert ist. Und es ist unvorstellbar, dass es diesen Krebs in der Welt gibt und dass er einfach nicht vorhat, jemals zu verschwinden und alle in Ruhe zu lassen, dass mich mein Körper betrügen könnte, dass er mich nicht warnt, bevor es schon zu spät ist. Ich könnte tatsächlich sterben. Ich meine das konkret. Ich könnte genau jetzt sterben. In diesem Augenblick durchleide ich eine tödliche Alkoholvergiftung. Ich spüre den Tod, der sich in mir ausbreitet, ein überraschendes Gefühl, Angst und Aufregung und Erleichterung zugleich.

Zur Zeit des Starkbierfestes fährt der Stadtbus, der sonst um sechs Uhr abends den Betrieb einstellt, ab Mitternacht einmal die Stunde eine Extrarunde zu den wichtigsten Stationen der nahe gelegenen Dörfer.
 Nur ist der Stadtbus um diese Zeit kein üblicher Bus mehr, sondern ein Ort der Verwandlungen. Gerade noch fröhliche, auf den Bänken tanzende, Obszönitäten in die stickige Schweißluft des Zeltes lallende Menschen steigen ein und werden zu bleichen, schweigenden Figuren, denen es leidtut, an diesem Abend das Haus verlassen zu haben. Wir schieben uns an die Fenster und sehen nach draußen, wir zählen die wenigen Lichter, die noch in den Häusern brennen.
 Als ich an Laras Arm geklammert den Bus besteige, kommt es mir vor, als wären wir in ein riesiges Aquarium geglitten, alle wollen etwas sagen, können aber nur wie die Fische den Mund auf- und zumachen, kein Ton kommt heraus.
 Diese Fahrt wird dauern, und so will ich sicher nicht meine letzten Minuten auf Erden verbringen. Ich nehme all meine Kraft zusammen und murmle etwas, und im Grunde bin ich nicht laut dabei, zumindest denke ich das, als ich sage:
 »Ich sterbe.«
 Ich bin überzeugt davon. Diese zwei Worte werden zum Sommerregen. Zunächst sind da nur ein paar Tropfen, aber schon bald ist der ganze Asphalt dunkel.
 »Ich sterbe. Ich sterbe. Ich sterbe. Ich sterbe.«
 Auf einmal schreckt uns ein Brüllen auf. Es ist der

Busfahrer, er dreht sich um und kann mich sofort ausmachen.

»Herrgott! Du bist nur besoffen. Niemand stirbt jetzt, auch du nicht! Alle sterben später.«

Danach ist es wieder still. Etwas später zwingt Lara meinen Kopf auf ihre Schulter und will mir ein Stück Traubenzucker in den Mund schieben. Der Traubenzucker hat die Form eines Kleeblatts. Ich lasse weder das eine noch das andere zu. Schließlich hält Lara meinen Kopf auf ihrer Schulter fest. Mit dem Traubenzucker ist das schwieriger.

»Du musst das jetzt essen, es vertreibt ein bisschen den Alkohol.«

Aber ich liege nur an Laras Schulter und rühre mich nicht. Dann nimmt sie meinen Kopf in ihre Hände und drückt ihre Lippen auf meine. So ganz wie die Freundinnen, die wir nun mal sind, schiebt sie mit ihrer Zunge das Kleeblatt von ihrem Mund in den meinen. Dieses Stückchen ihrer Zunge, das ich an meiner spüre, versuche ich noch länger zu spüren.

Den Rest der Fahrt kaue ich an dem Traubenzucker und sehe aus dem Fenster. Es ist, als sähe ich überhaupt nichts.

Wir steigen aus, und da steht ein weiteres ödes Haus, in dem alle schlafen, oder vorgeben zu schlafen. Es ist das Huber'sche Haus. Lara hat das Richtige getan und mich zu sich gebracht, bei mir daheim hätte ich jetzt nämlich nichts zu suchen.

Wir entfernen die Tusche von unseren Wimpern, damit sie nicht brechen, putzen unsere Zähne, Lara hilft mir beim Ausziehen, bevor wir uns in ihr Bett legen, wo ich sofort ins Koma falle. Mein Zustand ist trügerisch. Denn die Sache ist die: Wenn man betrunken ist, schläft man nicht richtig, sondern ist gewissermaßen bewusstlos. Und wenn man bewusstlos ist, träumt man auch nicht diesen schrecklichen Traum vom Fallen. Wenn man bewusstlos ist, dann ist man nicht richtig da, dann ist man ein wenig wie tot.

ICH BIN ES

Die psychiatrische Tagesklinik Sankt Johannesweide umfasst ein weitläufiges Gelände. Die Patienten werden in diesem niederbayerischen Juwel der Heilungsanstalten fünf Tage die Woche von sieben Uhr früh bis sechs Uhr abends aufgenommen. Seit drei Wochen ist diese Klinik mein Leben. Drei Wochen. Da kann noch kein Antidepressivum wirken, da kann es noch niemandem grundlegend besser gehen. Das bekomme ich oft zu hören, und ich stimme dem im Grunde auch zu. Ich bleibe geduldig und stelle lediglich fest, dass die Antidepressiva bislang keine Wirkung auf meine Psyche zeigen, sehr wohl aber auf mein Erektionsvermögen.

Jeden Tag mache ich ausgedehnte Spaziergänge über das Klinikgelände. Nicht aufgrund von Selbstdisziplin oder Genesungswillen, sondern weil ich nicht weiß, was nach sechs Uhr noch zu tun wäre. Stundenlang spaziere ich über die Hügel, an den Bäumen entlang und dem Teich mit Fröschen vorbei. Ich fahre erst dann heim, wenn es dunkel geworden ist. Aber da der Sommer unaufhaltsam voranschreitet, zögert sich dieser Augenblick von Tag zu Tag weiter hinaus. Zu Hause schlafe ich wie ein Ermordeter, mache nach dem Aufstehen eine minimale Morgentoilette, rühre keinen

Bissen an, trinke nicht einmal Kaffee und fahre wieder zur Klinik.

Die Wochenenden verschlafe ich, leider nicht durchgehend, sondern mit Unterbrechungen, unruhig und traumlos. Beim Aufwachen bin ich schließlich genauso ausgelaugt wie beim Einschlafen. In den wachen Stunden schalte ich den Fernseher ein. Irgendwann denke ich daran, etwas zu essen. Dafür gehe ich zum Türken nebenan, es ist der einzige Türke in Waldesreuth, er bietet Döner an. Sobald ich den Laden betrete, fängt er schweigend mit der Zusammenstellung meines Essens an, ich nehme immer dasselbe, Salatauswahl und ein Glas Schwarztee. In einer Ecke des Ladens hängt ein Fernseher, der auf einen Nachrichtenkanal eingestellt ist. Die Nachrichten sehe ich mir unbeteiligt an, denn ich warte nur. Ich warte auf Montag, sieben Uhr früh.

Im Teich wachsen langsam die Kaulquappen heran. Die stärksten und fettesten unter ihnen können nur überleben, indem sie zu Kannibalen werden. Von der Bevölkerung des Teichs mit Kaulquappen und Fröschen weiß ich, weil ich das Gemenge im Wasser beim Spazierengehen selbst entdeckt habe. Die Ärzte hatten eher nebenbei erwähnt, dass es auf dem Gelände durchaus vieles zu entdecken gebe.

Auch nach einem Monat kann ich mir meinen Wochenplan in der Klinik nicht merken, deshalb hängt er über meinem Bett, notiert auf einem karierten Zettel. Am Montag zum Beispiel ist als Erstes die gemeinsame Frühstücksvorbereitung dran, danach die Gruppensitzung, danach die Bewegungstherapie und so weiter. Ich kann mir meinen Wochenplan nicht merken, weil ich an depressionsbedingtem Gedächtnisschwund leide.

Das soll sich laut den Ärzten mit den Medikamenten, den Gesprächen und den anderen Angeboten in der Klinik bessern.

Um mich von der Frage abzulenken, ob ich verrückt werde, achte ich auf die Besonderheiten der Natur, während ich das Klinikgelände durchstreife: ein vertrockneter Regenwurm; sich paarende, aneinanderhängende Käfer; Wind; Sonne; Pappelflusen, die im Gras hängen bleiben. Erscheinen mir meine Beobachtungen lächerlich? Vielleicht. Ich hätte sie nie gemacht, wenn ich gesund geblieben wäre, aber die Ärzte hatten mir die Aufgabe gegeben, *achtsam* zu sein, mir meiner Umwelt *bewusst zu werden*. Ich hatte also keine Wahl.

In letzter Zeit habe ich viel über mein Bild aus der Kunsttherapie diskutieren müssen. Unbeholfen habe ich ein galoppierendes Pferd gemalt, von dem ein Mann stürzt, aber statt auf den harten Boden fällt er auf eine Blumenwiese. Ich musste darüber reden, als ob ich wüsste, was das Bild zu bedeuten hat oder weshalb ich es gemalt habe.

Unterdessen sind die Nächte so kurz geworden, dass ich meine Wohnung für nur vier, fünf Stunden Schlaf aufsuche. Ständig vergesse ich, die verschwitzte Bettwäsche zu wechseln. Wenn ich dann das Fenster öffne, versammeln sich die Mücken verschwörerisch an meinem Bett. Dann stechen sie mich. Mein Körper ist übersät von den Zeugnissen ihrer Geheimversammlungen.

Am Teich wird das Quaken lauter. Die Kaulquappen, die überleben konnten, sind erwachsen geworden und suchen nach Geschlechtspartnern. Der Zyklus ihres Lebens ist festgelegt, sie wissen immer, was zu tun ist.

Offensichtlich vergeht also Zeit. Diese angeblich vergehende Zeit spüre ich aber nicht. Ich weiß nie genau, was ich die Woche zuvor gemacht habe. Irgendwann werden Monate und Jahre vergangen sein.

Vor Kurzem ist in der Klinik eine Grillfeier angekündigt worden. Es wird alkoholfreie Bowle geben, und für das Essen muss jeder seinen Teil beisteuern, darum geht es schließlich, um Stressbewältigung im Alltag. In meiner Therapiegruppe hängt eine Liste aus, in die man eintragen soll, was man zur Grillfeier mitbringen will. Ich werde einfach eine Riesenportion Salat vom Türken holen. Einigen anderen Patienten bereitet das Grillfest mehr Sorgen als mir: Was soll ich für das Essen beisteuern? Wie soll ich es schaffen, das ausgewählte Gericht zuzubereiten? Woher soll ich die Kraft nehmen, diesem Druck standzuhalten? Ich dagegen lege mich schlafen – die Mücken kreisen um mein Bett, und ich weiß, dass es morgen so weit ist –, denke aber an nichts.

Zum Sonnenaufgang erwache ich von dem Geräusch des aufziehbaren Spielzeuggebisses, das ich so oft den Kindern in meiner Praxis vorgeführt habe. Es befindet sich schon lange nicht mehr in meiner Wohnung, was bedeutet, dass ich es mit einem Phantomgeräusch zu tun habe. Der Tag der Grillfeier, ein Freitag, verläuft wie jeder Freitag in der Klinik. Erst nach dem Mittagessen merkt man, dass etwas anders ist. Patienten sind in Gruppen über das Klinikgelände verstreut. Am Teich stehen zwei Männer, die sich in der Bewegungstherapie angefreundet haben, zu der ich auch gehe. Für das Grillfest haben sie sich etwas feiner angezogen. Ich trage mein gelbes Polohemd, das ich auch zur Arbeit oft anhatte. Die zwei Männer haben ihre Blicke auf den

Teich geheftet und besprechen etwas miteinander. Ich kann mir sehr gut vorstellen, dass es um die Frösche geht. Um wie viel einfacher alles wäre, wenn man als einer von ihnen geboren worden wäre. Da gibt es zum Beispiel eine Froschart, den nordamerikanischen Waldfrosch, der eine unvorstellbare Fähigkeit besitzt: Im Winter gefrieren diese Tiere. Alle Vitalfunktionen werden eingestellt, und ein körpereigenes Frostschutzmittel wird gebildet, das die inneren Organe schützt. Im Frühling tauen sie dann von innen nach außen auf, und ihre Herzen beginnen langsam wieder zu schlagen. Sie haben das Glück, den harten Winter überleben zu können, ohne ihn erleben zu müssen. Die zwei Männer lachen, und ich drehe mich um und schlendere weiter.

Am Klinikgebäude herrscht Trubel. Tische werden aufgestellt und mit den mitgebrachten Gerichten gedeckt, unter anderem auch mit meinem Salat vom Türken. Viele Patienten haben sich verkleidet und sehen nun wie glückliche Partygäste aus. In der von den Betreuern versprochenen alkoholfreien Bowle, die in einer Glasschale mit zwei Glaskellen serviert wird, schwimmen durchweichte Früchte. Ich erkenne Weintrauben, Schattenmorellen, Ananas, alles aus der Dose, und jedes Mal, wenn man eine der Kellen zum Einschenken in die Schalte tunkt, werden die Früchte darin aufgewirbelt.

Während ich mir etwas von der Bowle eingieße, versuche ich angestrengt, keinen Tropfen danebengehen zu lassen. Vorsichtig trinke ich einen Schluck nach dem anderen. Im Gegensatz zu den Männern am Froschteich habe ich mich hier mit niemandem angefreundet.

Die meiste Zeit bemerke ich die anderen kaum. Sie sind lediglich Konturen im Nebel. Während meines Gangs durchs Foyer und über die Terrasse begrüße ich trotzdem einige von ihnen, wir besuchen dieselben Sitzungen, oder sie spielen Tischtennis, während ich zusehe.

Schon bald wird durch das ernste, zügige Auflegen des Grillguts signalisiert, dass das Buffet eröffnet ist. Ich habe keinen Appetit, esse aber, um beschäftigt zu sein. Da kommt ein Junge auf mich zu. Er ist etwa fünfzehn und trägt ein schwarzes T-Shirt mit einem weißen Dreieck darauf.

»Sind Sie nicht der Zahnarzt?«

»Ich bin erst zweiundvierzig Jahre alt.«

»Und?«

»Das heißt, du musst mich nicht siezen.«

»Bist du richtiger Zahnarzt?«

»Ich habe elf Semester Zahnheilkunde studiert. Danach habe ich dreizehn Jahre lang praktiziert. Reicht das?«

»Ich habe da ein Problem.«

»Wieso gehst du damit nicht zu deinem Hauszahnarzt?«

Als wäre das schon eine Antwort, zieht mich der Junge beiseite und macht seinen Mund auf. Oben rechts am Elfer ist ein längliches, gar nicht mal so kleines Stück weggebrochen.

»Wie ist das denn passiert?«

»Ausgehen. Tanzen. Ich feiere eben hart.«

Der Junge streicht immer wieder mit seiner Zunge über die gezackte Stelle und fragt lispelnd, ob man das wieder richten könne. Als ich wissen will, warum man das richten lassen sollte, sagt er, weil es hässlich aussehe und weil er nicht mehr an diesen beschädigten Zahn erinnert werden wolle. Knapp erkläre ich die in seinem Fall möglichen Vorgehensweisen: Erstens, man poliert den Rand der Abbruchstelle glatt und versiegelt sie. Zweitens, man setzt eine Art Teilkrone über den schadhaften Zahn, was aufwendiger ist als die erste Methode. Es ist zwar unwahrscheinlich, aber ich frage den Jungen trotzdem, ob er das abgebrochene Stück Zahn aufgehoben hat. Der Junge verneint, daraufhin habe ich auch nichts zu erwidern. Wir sehen uns etwas verlegen um. Kurz bevor ich erwarte, dass der Junge wieder geht, reicht er mir seine Hand und nennt seinen Namen, Kristan. Ich sage meinen Namen, Jost Uhlich.

Danach bleiben wir beieinander stehen. In unseren Händen halten wir die zierlichen Bowlegläser, als wären sie etwas Wertvolles, aber vielleicht kommt uns das nur so vor, weil in der Klinik schöne Dinge selten sind.

»Willst du was Richtiges zum Trinken?«, fragt Kristan.

»Das geht doch nicht mit den Antidepressiva.«

»Aber willst du?««

Nachdem ich bejaht habe, geht alles recht schnell. Kristan versetzt unsere Bowle mit billigem Wodka aus einer kleinen Flasche, die er zwischen seinen blau-weiß karierten Boxershorts und seiner Hose gelagert hatte. Ich nehme den ersten Schluck und schmelze.

»Gott, vermisse ich das.«

Kristan lächelt, er hält mich sicherlich für zu alt zum Trinken, zum Feiern, und er hat recht.

»Vor der ganzen Sache habe ich Cocktails gemixt. Und war sogar ziemlich gut darin.«

»War das dein Hobby?«

»Ja. Hobby.«

Wir sehen uns um. Ununterbrochen wird gegrillt, jemand bedient die Musikanlage, aus der seit Stunden Jazzvariationen dringen, und die Leute schlingen ihr Essen runter. Ob jemand ahnt, was wir trinken? Ob jemand schon längst auf dieselbe Idee gekommen ist?

»Meine damalige Freundin hat mir ein Barkeeper-Set zum Geburtstag geschenkt«, sage ich. »Da war alles dabei für den heimischen Barkeeper. Zwei Boston Shaker, Sieb, Zitronenpresse, Eispickel und anderes.«

»Woher kanntest du die Rezepte?«

»Ich hatte mehrere Bücher zu Hause.«

»Was war dein Lieblingscocktail?«

Das hat mich seit meiner Klinikzeit niemand mehr gefragt, nein, es ist sogar noch länger her. Ich betrachte ziemlich lange die künstliche rötliche Bowle in meinem Glas, schmecke ausführlich ihre übertriebene Süße. Dann antworte ich.

»Der Hemingway Daiquiri.«

Kristan nickt anerkennend, während er erneut die Flasche herausholt.

»Ich mag seine Einstellung«, sagt er.

»Und ich seinen Cocktail. Weißer Rum, Limettensaft, Grapefruitsaft, beide frisch gepresst, und Maraschinolikör. Alle Zutaten sind für sich genommen schon gut, aber zusammen ergeben sie etwas noch viel Besseres.«

Kristan nickt unaufhörlich und gießt mir nach.

»Hast du dir das oft gemixt?«

»Immer mal wieder, nach langen, nach harten Tagen.«

»Zuerst in den Zähnen von Leuten bohren und dann Cocktails mixen.«

»Was hast du gemacht?«

Kristan trinkt hastig mehrere Schlucke.

»Im Gymnasium war ich in allen Fächern mittelmäßig, beim Fußball aber war ich einer der Besten.«

»Mit Fußball konnte ich nie was anfangen.«

»Na ja, du schwitzt dich nass. Du läufst bis zum Umfallen einem, in der normalen Welt, unwichtigen Ding hinterher. Es geht um Leben und Tod. Sozusagen.«

»Und wann wirst du wieder spielen?«

»Das letzte Mal hab ich mich ziemlich verletzt.« Kristan macht eine Pause, um sein Glas zu leeren. »Und es war nicht die Schuld der anderen.«

Während er spricht, passiert etwas: Ich habe eine Idee. Und ich merke, dass ich schon gar nicht mehr gewusst habe, wie es sich anfühlt, eine Idee zu haben.

Kurze Zeit später schleichen wir uns aus dem Foyer und laufen die Hintertreppe hinauf in den ersten Stock. Wir wollen zu dem Abstellraum, in dem die Werke aus der Kunsttherapie aufbewahrt werden. Kristan fragt, ob ich mir sicher bin, dass hier mein Bild lagert, und ich bin mir sicher, denn die Möglichkeit, es mit nach Hause zu nehmen, habe ich abgelehnt. Und so bleibt es hier, bei der Kunst der anderen Melancholiker.

Nachdem wir mehrere Minuten umsonst an der Türklinke gerüttelt haben, wird uns klar, dass wir einen weiteren Einfall benötigen, um reinzukommen. Kristan holt aufgeregt seine Bankkarte hervor.

»Wetten, ich schaffe das?«

Senkrecht schiebt er die Karte zwischen Tür und Rahmen, direkt über das Schloss. Ich stehe daneben und sehe ihm zu.

»Je weniger es dich kümmert, ob die Karte dabei kaputtgeht, desto eher kriegst du die Tür auf.«

Diese Behauptung illustriert Kristan mit dem starken Biegen der Karte nach links zur Klinke hin. Als die Tür kurz danach aufgeht, blicken wir in den schmalen Raum. Die Wände sind gesäumt von Aluminiumregalen, und auf jedem Regalboden stehen Kartons, die mit einem Datum beschriftet sind. Darin lagern auf Pappe geklebte Leinwände und Zeichenblockseiten. Schnell finde ich mein Bild. Ich hole es heraus und zeige es Kristan.

»Das ist es?«

»Ich sagte doch, ich weiß nicht, wieso ich ständig darüber reden muss.«

»Was soll das für ein Tier sein? Ein Dinosaurier?«

»Nein, ein Pferd natürlich.«

»Du meinst ein Pferd, das sich als Dinosaurier verkleidet hat?«

Ich muss lachen, Kristan auch, wir lachen viel zu laut. Unser Aufenthalt in der Klinik, das Grillen, die Bilder der Kranken, unsere scheußlich schmeckende Bowle, dass wir kein Leben mehr haben, das alles ist lustig.

Endlich spüre ich den Alkohol. Ich kann gerade noch den schwankenden Kristan erkennen, der mein Bild betrachtet und sagt:

»Morgen wird es uns übel gehen. Der Kater ist schlimmer mit den Tabletten.«

»Wie viel muss man von beidem nehmen, um nicht mehr aufzuwachen?«

»Weiß ich nicht, das musst du selber rausfinden.«

Wir sehen uns mein Bild genauer an, und Kristan legt seine Hand auf meine Schulter.

»Wie ein Pferd sieht das wirklich nicht aus.«

Es fällt mir schwer, die einzelnen Wörter zu einem Satz zusammenzufügen, aber schließlich gelingt es.

»Kann sein, aber die Blumenwiese ist gut geworden. Und nur darum ging es mir.«

GERINGE UNTERSCHIEDE

I.

Letzten Frühling war mit mir noch alles in Ordnung. An einem schönen, kühlen Tag ging ich nach der Schule zu Fuß heim. Früher hab ich das öfter gemacht, nicht weil ich Zeit schinden wollte, sondern weil ich es mochte, im Kurpark nachzudenken. In der letzten Stunde hatte unser Geografielehrer Herr Hoffmann wieder eine seiner Geschichten erzählt. In dieser Geschichte ging es um seine Tochter und eine Weihnachtsbaumkugel und was sie mit dieser Kugel gemacht hatte, als sie noch klein war. Und das war eklig und blutig, und ich konnte nicht aufhören, mir das vorzustellen. Mein Weg war von großen, schlampig geschnittenen Büschen gesäumt, und nicht weit von mir entfernt bewegte sich etwas an so einem Busch, unten auf der Erde.

Was sich bewegte, war eine kleine, zusammengerollte Kugel. Ein Igel. Ich nahm diese Kugel in meine Hände. Es war offensichtlich ein Baby, es atmete ganz fiebrig, und meine Hände fühlten sich komisch an, als ich es hielt. Ich fragte mich warum und sah genauer hin. Der Igel war befallen von Flöhen. Diese Flöhe sprangen nun in meinen Handflächen herum. Der erstbesten Reaktion, den Igel fallen zu lassen und zu schreien, habe ich widerstanden. Ich hielt diese kleine Kugel in meinen Händen, ich hielt sie fest, aber sanft, und ich schwor, diese Kugel wieder gesund zu machen. Und ich würde sie lieben, so, wie es in den Büchern von der Liebe steht.

Als Erstes bekam die Kugel einen Namen. So wurde der Igel Toni zu meinem Haustier. Ich flößte Toni spezielle Welpenaufbaumilch aus Einmalspritzen ein; ich massierte seinen Bauch, damit er sein Geschäft machen konnte; und irgendwie, das war Sache meines Vaters gewesen, wurden wir auch die ganzen Flöhe los.

Vom ersten Tag an schlief Toni in einem mit Stroh ausgelegten Karton in meinem Zimmer. Der Karton stand unter meinem Schreibtisch, damit niemand aus Versehen auf Toni drauftreten konnte. Auch Helena, meine damals fünfjährige Schwester, wurde streng angewiesen, vorsichtig mit diesem rätselhaften Ding zu sein. Niemand durfte mit Toni zu einem Tierarzt gehen. Ich hatte es verboten, weil ich Angst hatte, dass man ihn mir wegnehmen würde. Denn ich wusste, dass sich die Tierärzte nicht um alle wilden Tiere kümmern konnten, aber ich wusste nicht, was mit den anderen geschah.

Toni war am Anfang so zerbrechlich, ständig winselte er. Es dauerte lange, bis er einigermaßen an Kraft gewann. Und als es so weit war, als sich Tonis Zustand langsam besserte und er wuchs und anfing, die Welt zu entdecken, wurden die Nächte schlimm für mich.

Zunächst scharrte Toni nur in seiner Kiste vor sich

hin. Dann fing er an, rauszuklettern und in meinem Zimmer umherzulaufen. Er schien alles untersuchen zu wollen. Dabei wurde das Tapsen seiner Füße von einem scharrenden Geräusch begleitet. Es war unheimlich. Nachts wachte ich oft auf. Durch die Geräusche glaubte ich, dass mich Geister heimsuchten. Es dauerte zwar nur wenige Minuten, mir einzureden, dass es doch nur Toni war, niemand anderes als Toni, aber diese Minuten waren schrecklich.

Manchmal schlichen sich sogar die Geräusche, die Toni machte, in meine ansonsten harmlosen Träume, und ich wachte voller Panik auf. In einem von diesen Albträumen irrte ich durch das Haus, öffnete jede Tür und jeden Schrank, weil ich überzeugt war, dass jemand heimlich bei uns wohnt. Niemand außer mir wusste es, nur ich spürte das Dasein des Anderen, aber der Fremde war so schnell, dass man zwar andauernd kurz davor war, ihn zu fassen, aber trotzdem nie dahinterkam, wer es war.

Meine Noten verschlechterten sich von gut zu mittelmäßig, ich war oft müde, und die anderen Mädchen fragten mich, wieso ich Augenringe habe. Sie sagten, niemand habe schon mit fünfzehn Augenringe. Ich wollte antworten, dass ja auch niemand einen Igel zu Hause hat, aber bis zum Schluss habe ich keinem aus der Schule etwas von Toni erzählt, ich hielt ihn geheim, wie eine Angelegenheit meines Herzens, die so wichtig war, dass man keinem damit trauen konnte.

Schließlich sagten meine Eltern, dass Toni im Flur schlafen müsse. Zu Beginn ließen alle ihre Türen offen, damit er viel Freiraum hatte. Wir dachten, dass das Tapsen und Scharren nicht mehr so schlimm wäre, wenn es sich über das ganze Haus verteilen konnte, aber das Ergebnis war, dass ich nachts nur noch öfter wach lag und ängstlich darauf wartete, dass Toni näher kommen würde. Und er kam auch früher oder später, denn er spürte wohl, dass das mein Zimmer war. Er kam immer wieder zurück.

Dann schloss nachts jeder seine Tür ab, und Toni blieb alleine im Flur zurück, der ja groß genug war und in den wir leere Klopapierrollen warfen, damit Toni mal Spaß hatte und die Dinger hin- und herschmeißen konnte. Niemand beschwerte sich mehr, weder meine Eltern noch Helena. Ich allein hörte noch Tonis Schrittchen. Das war eine schwere Probe für meine Seele, denn ich liebte dieses Ding so sehr, aber es zerstörte mein Leben. Weil wenn du nicht schläfst, dann bist du nur noch ein Geist, und dir passieren Dinge, die dir als Mensch nie passiert wären.

Eines Nachts im Spätsommer fuhren wir alle vier in den Kurpark. Auf meinem Schoß stand ein Schuhkarton, in den Deckel waren Löcher gestanzt. Der Park war völlig leer und friedlich, nur die Heuschrecken zirpten, als würden sie dafür bezahlt. Wir stampften durch das Gras, das am Ende des Sommers immer seltener gemäht wird, und suchten nach einer einigermaßen geschützten Stelle, denn jeder weiß, dass sich Riesenratten und Marder immer das nehmen, was sie wollen, ohne Rücksicht auf Verluste, und Toni sollte wenigstens die faire Chance auf einen Neuanfang in der Wildnis bekommen. Als die richtige Stelle gefunden war, spürte ich es und blieb stehen. Das taten auch meine Eltern und Helena. Sie stellten sich in einem gebührlichen Abstand hinter mir auf, so, als wären wir bei einer Trauerfeier. Dabei wollte niemand Toni töten, ich wollte einfach nur wieder schlafen.

Bevor ich den Karton öffnete, beugte ich mich hinunter und legte meine Wange an den Deckel. Da Toni ein Igel war und man ihn schlecht liebkosen konnte, wollte ich ihn zumindest so wissen lassen, dass ich ihn heftig vermissen würde, dass ich aber auch sicher war, dass er seinen Weg durch die Nacht schon machen würde. Er könnte sich ja mit anderen Igeln verbrüdern. Immerhin war er freundlich und außerdem hübsch anzusehen. Und wie schwer kann es schon sein, Insekten und Mäuse zu fangen? Jede verwöhnte Wohnungskatze schafft das.

Ich kniete mich hin, setzte den Karton vor mir ab und öffnete den Deckel. Da in unserer Klasse ein amerikanischer Austauschschüler mehrere Monate lang zu Besuch gewesen war und wir danach geschlossen zu dem Haus seiner Gasteltern marschiert waren, um ihm ein bewegendes Lied aus seiner Heimat zu singen, wusste ich, dass lange Abschiede alles nur noch schlimmer machten. Also sah ich Toni nur kurz dabei zu, wie er seine Nase zu den Sternen emporstreckte, die er in seinem Leben noch nie so richtig gesehen hatte, wünschte ihm dann viel Glück und neigte den Karton zur Erde. Toni kletterte sofort raus und fing an, das Gras zu beschnuppern. Ich ging zu meinen Eltern und Helena. Sie umarmten mich.

Wir sahen Toni noch ein wenig nach, bis sich seine Umrisse im Dunkeln verloren. Den Karton warf ich in eine Mülltonne am Parkausgang. Auf dem Heimweg saß ich hinten im Auto und weinte so leise wie möglich.

Ab da konnte ich nicht mehr so leicht durch den Kurpark nach Hause gehen. Aber das ist nicht alles: Kurz nachdem wir Toni ausgesetzt hatten, begannen meine Anfälle. Und sie dauern an.

II.

Meine Eltern wollten schon immer groß verreisen. In diesem ersten Jahr nach Toni, nach all den Ärzten, Psychiatern, Heilkundlern, zu denen sie mich mittlerweile geschleppt hatten, war für sie der Punkt erreicht, an dem sie sich von nichts mehr abhalten lassen wollten, nicht einmal mehr von meinen Anfällen. Jetzt sind wir also zwei Wochen lang hier, in der Nähe von Algier, in einem zwölfstöckigen Hotel, mit haufenweise zu essen, Animateuren, die sich um die Kinder kümmern, und einem bananenförmigen Swimmingpool.

Die Nacht fing ruhig an. Meine Eltern waren glücklich aus der Stadt zurückgekehrt, Helena war braun gebrannt und erledigt von den unzähligen Fitnessspielen – unter anderem musste sie mit anderen Kindern in einem Sack hüpfen, bei der Hitze, es gewann, wer am schnellsten war, sie belegte den dritten Platz. Ich war im Meer schwimmen und angenehm müde. Wir versammelten uns vor unseren Zimmern, um in einem der Hotelrestaurants essen zu gehen. Wir entschieden uns für ein französisches. Ich verdrückte mit eigenartig großem Appetit meinen Teller Ratatouille, und meine Mutter erzählte, wie gut es ihnen auf dem Markt gefallen habe. Sie erzählte auch, wie sie sich ein Tuch um ihr Haar gebunden hatte und wie sie sich deshalb so frei gefühlt hatte wie schon lange nicht mehr, weil es dank des Tuchs völlig egal war, wie ihr Haar, wie sie als Frau in Wirklichkeit aussah.

»Ich habe mich sogar besser als in der Gruppe gefühlt.«

Mein Vater und ich blickten uns an und schwiegen, denn ich wusste, dass meine Mutter in dieser Gruppe war, in der sich Leute mit Dehnungsstreifen trafen, aber ich wusste nicht, ob es gut war, dass sie dort war. Um das Thema zu wechseln, sagte dann mein Vater, dass sie uns beiden Geschenke vom Markt mitgebracht hätten. Helena knallte sofort ihre Gabel auf den Teller und konnte es gar nicht erwarten, ich lächelte nur und kaute fertig, ich bin die Geduldige von uns beiden. Meine Mutter kramte in ihrer Tasche und holte dann die Sachen raus, sie waren nicht eingepackt, und sie gab sie uns so. Helena bekam eine lange Stange weißen Nougats mit Nüssen. Ich bekam eine Messingschale, auf der Kamele unter einem Sternenhimmel spazierengehen und auf der etwas in arabisch aussehenden Buchstaben steht.

»Frieda«, sagte mein Vater.

Ich hatte nicht verstanden, was sie mir da geschenkt hatten, und sah mir deshalb erneut die Schale an.

»Genau das steht da in arabischen Schriftzeichen: Frieda.«

Ich strich mit meinen Fingern über die Kamele, die Sterne und das eingestanzte Wort, alle drei kamen mir fremd und weit entfernt vor, vor allem aber mein Name. In dem Moment wusste ich nicht, was er bedeuten sollte und wen genau er bezeichnete: Frieda.

Nach dem Essen setzten wir uns an einen der kleinen Tische unter den Palmen am Swimmingpool und bestellten *Glace*, dieses Wort war mir schon in der ersten Urlaubswoche so geläufig geworden, als hätte ich es auch in Bayern jeden Tag wie selbstverständlich gesagt. Ich bekam zwei Kugeln Zitrone in einer metallenen Schale. Mein Vater trug danach die todmüde Helena in unser Zimmer, und wir verabschiedeten uns bis zum Frühstück. Ich deckte Helena mit einem Laken zu, pfiff darauf, dass sie sich die Zähne nicht geputzt hatte, und machte mich selbst zum Schlafen fertig. Ich zog mein Lieblingsnachthemd an. Es geht mir bis zu den Knien, hat kurze Ärmel, ist von einem lichten, ausgewaschenen, an manchen Stellen schon durchsichtigen Weiß, und auf der Brust steht in rosa Schreibschrift: *Love*.

Als ich aufwache, stehe ich im Hotelflur. Der Teppich ist grün mit einem hässlichen roten Rand. In regelmäßigen Abständen hängen an den Wänden Lampen, die wie Aladdins Lampe aussehen sollen, aber dafür wirken sie zu billig. Das ist nicht die Ausstattung unseres Flurs. Es ist also passiert.

Ich stehe vor einer Tür mit der Zahl 824. Unser Zimmer ist die 318. Der Flur geht zu beiden Seiten endlos weiter, aus der Ferne höre ich einen Fahrstuhl und Gespräche von Leuten, beides dauert aber nur kurz an, die Leute gehen in ihre Zimmer, und die Türen des Fahrstuhls schließen sich. Meine Hände sind ganz feucht, das Nachthemd hängt lose über meiner Nacktheit, und meine Beine zittern. In solchen Augenblicken ist es wichtig, sich wieder zu fangen. Das ist nicht der Weltuntergang, sage ich mir dann, das ist einfach nur wieder ein Anfall. Die Hauptsache ist, man kommt wieder ins Bett und vergisst alles und schläft weiter, als wäre nichts passiert.

Es gibt einen festen Ablauf, dem ich folge, wenn es so weit ist. Zuerst sage ich meine Faktenliste auf, und dann überlege ich mir einen Plan, denke darüber nach, was ich als Nächstes tun soll. Es geht also darum herauszufinden, wie man einen großen, pechschwarzen Fleck mit weißer Farbe überdecken kann. Aber egal, wieviel Mühe man sich gibt: Das Dunkle schimmert trotzdem noch durch.

Die Faktenliste: Mein Name ist Frieda Holstein, ich bin sechzehn Jahre alt, ich befinde mich in einem Hotel in der Nähe von Algier, ich bin gesund, ich bin nicht nackt, im Gegensatz zum Anfall letzten Monat sitze ich nicht mit gespreizten Beinen auf dem Gesicht meiner früheren Lieblingspuppe, einem kleinen Feuerwehrmann mit überraschten Kugelaugen, es ist also nicht so schlimm, wie es sein könnte. Mein Plan: Ich muss einfach nur von Zimmer 824 zu Zimmer 318 kommen.

Was ich in Augenblicken des Aufwachens unbedingt versuche zu vermeiden, ist daran zu denken, was ich kurz davor gemacht habe. Was habe ich der Puppe zugeflüstert, bevor ich mich auf ihr Gesicht gesetzt habe? Konnte mich jemand dabei sehen? Wie lange bin ich in diesem Hotel herumgewandert? Komme ich gerade aus diesem fremden Zimmer oder stehe ich nur davor?

Ich gehe den Flur entlang in die Richtung, aus der ich den Fahrstuhl gehört habe. Ich bin barfuß, und das ist ekelhaft. Noch eine Sache, über die ich auf keinen Fall nachdenken sollte: Wie lange ich hier schon barfuß durch die Gegend gelaufen bin und was meine Füße dabei alles berührt haben.

Innen ist der Fahrstuhl verspiegelt, aber die Spiegel sind dunkel und matt. Die einzigen zwei Sachen, die darin leuchten, sind mein langes, halb blondes, halb rotes und wie der Friseur sagt *magisches* Haar und der rosa Schriftzug *Love*. Ich drücke die 3. Die Fahrt zwischen dem achten und dem dritten Stockwerk, diese kurze Fahrt, will ich so richtig genießen, denn danach habe ich es fast geschafft.

Aber im sechsten Stockwerk öffnen sich die Türen, und drei junge Männer steigen ein. Sie sehen mich zuerst nur beiläufig an, aber der Blick, den sie schließlich auf meine *Love*-Aufschrift werfen, ist alles andere als beiläufig. Einer von ihnen drückt die Kellertaste, also wollen sie in die Jugenddisco des Hotels.

Um mich davon abzulenken, dass sie ganz eindeutig über mich reden, beobachte ich, wie ich mit meinen Zehen eine kleine Welle mache. Dafür hebe ich zuerst den kleinsten Zeh und senke ihn dann wieder; während er auf dem Boden ankommt, hebe ich schon den Zeh daneben, und so geht das weiter. Als sich die Türen für mein Stockwerk öffnen, versperren mir die drei den Weg. Einer steht in der Tür, sodass sie sich nicht schließen kann, obwohl sie es alle paar Sekunden mit einem Ruckeln versucht, einer steht hinter mir im Fahrstuhl und einer auf meinem Stockwerk. Ich bin also mitten in diese eigenartige Sache geraten, in einen Dunst aus Männerparfüm.

Es riecht aber ganz anders als das von meinem Vater. Außerdem sind es keine Männer, jetzt, da ich sie so nah vor mir sehe, merke ich, dass sie nur ein paar Jahre älter sind als ich. Sie tragen dunkle Jeans und jeder ein andersfarbiges Polohemd, zusammen sehen sie wie ein kleiner Regenbogen aus, orange, gelb, grün.

Der Hals des Jungen, der als Erster etwas sagt, ist so rot wie die Schale eines gekochten Hummers, seine blonden Augenbrauen wirken dagegen wie gebleicht. Er sieht an mir herunter, eigentlich begutachtet er mich.

»Alright, Love.«

Ich verschränke die Hände vor dem Schriftzug, aber dafür ist es schon zu spät. Die anderen lachen. Der, der in der Fahrstuhltür steht, er ist klein und hat einen dichten, kurzen Bart, sagt als Nächster etwas.

»What kind of love?«

Ich überlege, meine Englischkenntnisse zusammenzukramen und den britischen Jungs höflich zu erklären, was für Anfälle ich nachts bekomme und wie das hier passieren konnte. Ich bin nicht auf der Suche nach einem Abenteuer. Ich will mich niemandem aufdrängen. Ich bin hier nicht mal freiwillig unterwegs. Das Einzige, was ich will, ist zurück in mein Zimmer zu kommen.

»Alright.«

Der Erste mit dem roten Hals ist wieder dran, er zwinkert seinem Freund hinter mir im Fahrstuhl zu, den ich nicht sehe, von dem ich nur diese entfernte, belegte Stimme höre.

»Should we try it?«

»Try what?«

Ich versuche, so zu tun, als hätte ich keine Ahnung, als müsste ich das, was sie sagen, erst noch übersetzen, um dahinterzukommen, was sie meinen.

»Try this ... whole lot of love.«

Der Junge auf meinem Stockwerk kann das gerade noch rechtzeitig sagen, bevor es ihn und seine Freunde vor Lachen zerreißt, als wäre das ein Stichwort, auf das sie schon lange gewartet haben. Ich denke mir, wenn ich etwas tue, dann jetzt. Mit einem großen Schritt trete ich aus dem Fahrstuhl, dränge mich am Blonden vorbei und stelle mich an die Wand. Ich weiß nicht, was jetzt noch kommen soll. Die Jungs haben ein Funkeln in ihren Augen, das vielleicht gespielt ist, vielleicht aber auch nicht. Da öffnet sich irgendwo auf dem Flur eine Tür, und als wäre dadurch ein Signal gegeben und etwas, was hier gerade ablief, zerstört, gehe ich einfach. Ich gehe. Sie folgen mir nicht, sie versuchen es nicht mal. Und irgendwann höre ich, schon fast bei unserem Zimmer angekommen, wie der Fahrstuhl wieder davonfährt. Aber vorher klingt noch einmal ihr Lachen durch den ganzen Flur.

Unsere Tür ist offen, und aus dem Spalt dringt Tageslicht in den dämmrigen Flur. Das Zimmer meiner Eltern daneben, die 317, sieht friedlich und ruhig aus. Ich will, dass sie glücklich und ahnungslos bleiben und keine Angst um mich haben. Denn das wird noch früh genug kommen, wenn ich zu Hause wieder einen Anfall habe und dabei sonst was sage und sonst was mache.

Im Zimmer scheint alles genauso zu sein, wie es war, als ich schlafen gegangen bin, nur die Sonne geht schon auf. Ich ziehe die Vorhänge zu und setze mich auf Helenas Bettrand. Sie hat die gleiche Haarfarbe wie ich, unsere Eltern sagen, wir sehen aus wie dieselbe Person zu unterschiedlichen Lebenszeiten. Ich decke sie mit dem Laken zu, von dem sie sich freigestrampelt hat, und streiche ihr das Haar aus dem Gesicht, das beruhigt mich. Ich streichle ihr Haar immer wieder. Danach lege ich mich endlich selbst hin.

Der Schlaf kommt sofort über mich. Er fühlt sich tödlich fest an. Ich träume wirres Zeug von den Jungs und von mir, wie wir etwas miteinander tun, das sie sich vielleicht gewünscht haben, als sie mich so sahen, in meinem Nachthemd.

Beim Frühstücksbuffet hole ich mir von allem etwas: Früchte, getrocknete Datteln, Käse, Bisquits, gebratene Pilze, alles Mögliche. Dazu trinke ich harten arabischen Kaffee und frisch gepressten Grapefruitsaft. Während ich diese ziemliche Menge in mich hineinschaufle, beobachte ich, wie der Algerier hinter der Riesenpfanne, in der er einem die Eier nach Wunsch brät, alle paar Minuten kurz unter seinem Tisch verschwindet, um einen Schluck Wasser zu trinken, was er eigentlich nicht darf, ich glaube, die Hotelleitung, die nicht algerisch aussieht, verbietet es ihm.

Natürlich suche ich beim Frühstück den riesigen Saal nach den englischen Jungs ab – sie sind nicht da. Dabei versuche ich, mich immer wieder zu überzeugen: Ich bin ja hellwach. Der Tag wird schon laufen. Nichts ist passiert.

Dann stehe ich auf einmal im Swimmingpool. Ich trage meinen geblümten Bikini, das Wasser reicht mir gerade mal bis zur Taille, und vor mir sehe ich Helena in ihrem Einteiler, natürlich mit einem Pferdemotiv vor einem dämlichen Regenbogen. Das bisschen Zeit zwischen dem Ende des Frühstücks und bevor die Animateure mit ihrer Arbeit beginnen, überbrücke meistens ich mit Helena. Nur fällt es mir heute schwer, mich zu erinnern, wie ich hierhergekommen bin. Ich bin so müde.

Wir sind vom Frühstück aufgestanden, wir haben uns die Zähne geputzt, ich habe Helena wahrscheinlich ermahnt, ihre Zähne besonders gründlich zu putzen, wir haben unsere Badesachen angezogen und uns von den Eltern verabschiedet, und danach bin ich in den Pool gestiegen. Natürlich, das alles muss passiert sein, aber ich spüre es nicht, als hätte es jemand anderes statt mir erlebt und mir nur davon erzählt. Nach einem Anfall bin ich meistens so müde, dass ich das, was ich gerade mache, nicht mitkriege und wie ferngesteuert die Dinge erledige, die erledigt werden müssen.

Durch Helenas ununterbrochenes Hüpfen trifft mich das Wasser mit vielen Spritzern, und jeder einzelne Tropfen könnte mich aufwecken, tut es aber nicht. Wir spielen Volleyball, Helena verteilt ihre Schläge schnell und eifrig. Ich versuche mitzuhalten, vergeblich, und dann wird alles kurz schwarz.

Ich sehe nach unten zu dem glitzernden Poolwasser, und rote Tropfen fallen in dieses Wasser, es werden immer mehr und sie vermengen sich zu einem Farbwölkchen. Kurz danach rufen mir die Leute etwas zu, und Helena kreischt.

Es ist ja nicht mal ein Nasenbruch, es ist nichts Ernstes, nur ein blauer Fleck wird bleiben, aber es tut weh und blutet. Eine Animateurin hat mich zum Hotelarzt gebracht, und hier sitze ich nun, auf einer mit Papier bedeckten Liege, und das Blut läuft mir wie wild aus der Nase. Das Erste, was der Arzt macht, ist ein alter Trick, erklärt er mir, und schiebt vorsichtig einen Tampon in jedes meiner Nasenlöcher. Sie saugen zumindest die ersten Ströme Blut auf. Dieser Arzt sieht sogar ein, dass ich mit den Tampons in der blauen Nase wie ein Depp aussehe, deshalb schneidet er vorsichtig die Schnüre ab. Er ist sehr nett zu mir.

»Ma petite gazelle«, sagt er.

Auch tätschelt er mir kurz die Schultern auf so eine zwanglose, unverfängliche Art, wie ein Opa es machen würde. Er ist ratlos, er denkt wohl, das könnte helfen.

Da breche ich in Tränen aus, und die Tampons in meiner pochenden Nase saugen sich nicht nur mit Blut voll, sondern auch mit Rotz. Der Arzt ist verwirrt und versucht, mich zu trösten.

»Ma petite gazelle, ma belle avec des cheveux du miel.«

Ich schaue zu ihm auf. Das stimmt, meine Haare haben die Farbe von Honig, sie glänzen immerzu in dieser Sonne. Aber was bringen sie mir? Was bringt mir dieser nette, fremde Arzt mit seinen Komplimenten und dass mir meine Eltern hier jeden Abend ein *Glace* kaufen? Ich würde das alles sofort gegen ein kurzes Schwätzchen mit Toni eintauschen. Ich würde mich jede Nacht von Neuem gegen den Schlaf und für ihn entscheiden. Aber ich habe ihn weggegeben, und ich weiß nicht, was ich jetzt noch machen soll, um es wiedergutzumachen, um ihn zurückzuholen aus dem Dickicht des Parks, aus der dunklen, dunklen Nacht, in der er jetzt lebt.

ZEIT FÜR RUHE

Dass der Hund der Treilingers nicht der Hellste war, das wurde schon früh klar. Zum Beispiel verliebte er sich in die Schuhputzstation eines Nachbarn. Diese Station sah ihm ähnlich, und da dachte er eben, es sei eine Hündin. Sie war kniehoch, mit weißen, struppigen Haaren und sah fröhlich aus, immer fröhlich, genauso wie er, und dort, wo bei ihm die Pfoten waren, rotierten bei ihr die Schuhbürsten. Plummi verliebte sich in das Teil. Er lief verworrene Wege durch die Gärten der Häuser zwischen ihm und ihr, setzte sich vor sie hin, hechelte sie an und blieb dort ziemlich lange sitzen.

Plummi würde eben nie Lassie werden oder Kommissar Rex oder dieser Riesenhund aus dem alten Film mit Tom Hanks. Plummi hörte auch nicht auf Befehle, sondern legte nur den Kopf schief und tat charmant. Außerdem war er neugierig und ziemlich mutig für seine mickrige Größe. Es interessierten ihn vor allem große Hunde, alles von Schäferhunden aufwärts.

Am letzten Schultag vor den Sommerferien stand ich mit Rudi Treilinger in der Aula. Wir lehnten am Geländer im ersten Stock, von dort konnte man die gesamte

Aula überblicken. In der Aula fanden die meisten Schulfeste und Konzerte und Verabschiedungen und Ankündigungen statt. Dieses Mal wurde Herr Hoffmann endlich in seine Rente verabschiedet. *Endlich,* weil er schon seit Wochen nicht aufhören konnte, von der Kreuzfahrt mit seiner Frau zu erzählen, die Kreuzfahrt sollte nämlich vier Tage nach seiner Rentenfeier losgehen. Die sollen meinetwegen fahren, dachte ich. Ahoi und Sayonara und Arrivederci, Baby.

Bei dieser Kreuzfahrt wollten sie einen ganzen Stoß von Inseln besuchen: die Fidschi-Inseln, Tonga, Vanuatu und noch einige andere, die genauso nach dem Gegenteil von Waldesreuth klangen. Dazwischen würden sie auf ihrem Seniorendampfer die ganze Zeit über von diesem schweigenden, riesigen Ozean umgeben sein.

Während der Rektor seine Ansprache hielt und die üblichen Geschenke – außer der kreischend gelben Krawatte mit den Palmen drauf, die war alles andere als üblich – überreichte, dachte ich an den Ozean, dieses Wasser, das einem nie antwortet, das man aber wochenlang angucken muss. Natürlich, da gibt es noch die Fresserei auf dem Schiff, die Konzerte, den Fitnessraum und den Rest. Aber das Wasser ist doch das einzig Echte. Ich für meinen Teil würde nicht mal für die Inseln von Bord gehen, sondern immer auf dem Dampfer bleiben und auf das Wasser hinausschauen.

»Kristan.«

Rudi stieß mich in die Seite. Wir hatten diese Art zu reden, bei der wir uns nicht angucken mussten, sondern immer nur geradeaus schauten auf das, was gerade ablief.

»Sollen wir uns nachher ein Bier holen und mit Plummi in den Park gehen?«

»Muss Plummi unbedingt dabei sein?«

Herr Hoffmann bewunderte gerade dankbar lächelnd die Krawatte in seinen Händen. Rudi stieß mich noch mal in die Seite. Seine Liebe zu Plummi und mein Genervtsein von Plummi waren der einzige Sprung in unserer Freundschaft. Ansonsten war alles tipptopp.

»Ja, Plummi muss unbedingt dabei sein. Er ist mein Hund.«

Das *mein* sagte er laut und überzeugt. Ich hatte das schon mal bei ihm erlebt. Rudi konnte wirklich etwas mit dem Gefühl anfangen, dass Plummi zu ihm gehörte, das verankerte ihn irgendwie im Leben.

»Außerdem hört er in letzter Zeit auf Befehle.«

»Auf Befehle? Welche denn? Friss? Furze? Ich wette, da ist er sofort dabei.«

Ich blickte weiter auf Herrn Hoffmann und den Rektor hinunter, Herr Hoffmann mit seinen Geschichten, die er einem ständig erzählte, als seien sie ein Geschmack, den er immerzu in seinem Mund haben wollte. Rudis Antwort hörte ich durch den Applaus nicht, und auch meine Hände klatschten, und ich sah ihnen beim Klatschen zu.

»Eigentlich war er nicht so schlecht. Was ist jetzt mit dem Bier und Plummi?«

Rudi sagte das ohne Pause dazwischen, als wäre es ein und derselbe Brei.

»Oh und kay zu dem Bier danach, aber ich glaube erst dann, dass Plummi auf Befehle hört, wenn ich es sehe.«

»Pass nur auf, das wird die Überraschung des Tages.«

Im Keller der Treilingers nahmen wir uns die letzten fünf Biere aus dem Regal. Genau die richtige Menge für einen Sommernachmittag. Ich wunderte mich, wieso das so einfach ging, und fragte Rudi, ob sein Vater nicht sauer würde, wenn er beim nächsten Fußballspiel kein Bier in seinem Haus fand. Während die Flaschen in unseren Rucksäcken klimperten, stiegen wir Stufe für Stufe aus dem kühlen Keller in den heißen Sommer hinaus.

»Die sind beide ab übermorgen sowieso weg, und dann erwarten sie quasi, dass ich das Bier nehme. Die machen so einen Romantikurlaub. Starnberger See. Hochzeitstag.«

»Par-tey?«

Ich fragte, weil es das Naheliegende war. Wenn die Eltern weg sind, hat man die Verpflichtung, zu Hause eine Feier zu veranstalten, von der dann Flaschenränder auf dem Couchtisch zurückbleiben.

»Vielleicht eine kleine.«

Rudi nahm Plummi an die Leine, der aufgeregt zwischen unseren Füßen auf und ab sprang und mal wieder den besten Tag seines Lebens hatte. Wir gingen den Weg vom Haus der Treilingers entlang des Friedhofs bis zum Park und leerten schon mal jeder ein Bier. Das erste geht immer am schnellsten, dachte ich. Wieso ist das bloß so? Und nach dem ersten Bier sind die anderen Biere nur noch freundliche Bekannte, die sich unbedingt zum ersten dazugesellen wollen, und dann lässt man sie halt.

Im Park trafen wir auf die üblichen Jogger, die üblichen Gassigeher, die üblichen Rentner und die üblichen hochdeutsch grüßenden Gäste des Mutter-

Kind-Kurhotels. Sie sagten nie *Grüß Gott,* sie sagten immer nur *Guten Tag.* Wir aber grüßten immer mit *Grüß Gott* zurück, was ihnen bestimmt unheimlich gefiel, weil sie sich dann wie in einem fremden Land vorkamen.

Man konnte vieles über Plummi sagen, aber reinlich war er schon. Nach jedem seiner großen Geschäfte, die Rudi sich schon geweigert hatte aufzuheben, als Plummi noch ein Welpe war, schlitterte Plummi mit seinem Hintern über das Gras.
»Das ist das sauberste Hundearschloch, das ich je gesehen habe«, sagte Rudi, und so, wie Plummi mit seinem Schwanz vor uns wedelte, sah ich, dass es tatsächlich das sauberste Hundearschloch aller Zeiten war, und dazu noch ganz hübsch, selbst ich musste das zugeben. Wir machten ein weiteres Bier auf, tranken aber jetzt langsamer und ließen Plummi von der Leine, worüber er sich massiv freute.
Dann redeten Rudi und ich über lauter unterschiedliche Sachen, wir haben nämlich immer ein Thema parat, wir redeten über Herrn Hoffmanns Rentnerreise und wie wir ihn irgendwie darum beneideten; wir redeten über die Mäuler von Hunden, in denen es tausendmal weniger Bakterien gibt als in unseren Mündern; über das eine Mädchen in der Schule, die Architektentochter, die nie, wirklich nie, zu Klassenfahrten mit Übernachtungen mitkommt, und keiner weiß wieso; über das letzte Fußballspiel in der Schule, bei dem ich vom Platz musste wegen einer ziemlich ernsten Sache, zumindest hatte das der Sportlehrer meinen Eltern so gesagt. Und als wir redeten und gingen und tranken,

sahen wir aus der Ferne einen Mann mit einem großen, schlanken Schäferhund in unsere Richtung kommen.

»Das ist mal ein Hund«, sagte ich, während er langsam auf uns zuschritt.

»Ein echter Hund vielleicht schon, aber nicht der richtige Freund für Plummi.«

Deshalb rief Rudi seine Dumpfbacke, um ihn an die Leine zu nehmen, aber die Dumpfbacke hörte nicht. Zuerst stand Plummi im hohen Gras da, die Ohren gespitzt und den Blick auf den Schäferhund gerichtet, der unbeweglich und stolz in unsere Richtung schaute. Es war nicht einmal eine dieser Überzüchtungen, bei denen die Hinterbeine so dämlich nach unten knicken, sodass sie operiert werden müssen, dieser Hund stammte einfach aus einer verdammt reinen Linie. Ich wollte lieber gar nicht wissen, bis in welche Zeit man diese Linie zurückverfolgen konnte. Es gab schließlich Zeiten, da hatte man die deutschen Schäferhunde ganz besonders gern gemocht.

Ich blieb stehen, während Rudi mit der Leine auf Plummi zuging, wie ein Hundefänger. Aber leider war Rudi zu spät dran.

Plummi raste mit wedelndem Schwanz zum Schäferhund und wollte ihn mit der ganzen Wucht seiner Sonnigkeit begrüßen. Doch der Schäferhund sah das anders.

Wir knieten vor einem blutigen Wrack. Spaziergänger waren stehen geblieben. Aus dem kläffenden Maul des Schäferhunds, der sich einfach nicht beruhigen konnte, tropfte noch immer Blut.

Rudi wollte dieses kleine wimmernde Ding, das einmal Plummi gewesen war, gerade aufheben, als ein alter Mann uns davon abhielt.

»Besser nicht«, sagte er.

Er war als Letzter von den Glotzern übrig geblieben, um herauszufinden, was wir mit dem blutigen Wrack machen würden. Er stützte sich auf seinen Spazierstock, trug ein gebügeltes weißes Hemd und altmodische hochgezogene Hosen, er sah gepflegt und uralt aus, und sein Haar war nach hinten gekämmt.

Rudi streichelte verwirrt den winselnden Plummi, der auf dem Asphalt lag. Ich hatte schon mein Telefon rausgeholt, um ein Taxi zu rufen, aber jetzt wollte ich erst hören, was der alte Mann sagte.

Der Mann zeigte mit seinem Spazierstock auf Plummi, berührte ihn sogar leicht damit.

»Wenn er jetzt getragen wird oder im Taxi fährt, dann wird er nie die Erinnerung daran los. Hunde bauen Angst ab, indem sie laufen. Laufen muss er jetzt. Zum Tierarzt laufen.«

Ich ließ meine Hand mit dem Telefon sinken und wartete auf Rudis Reaktion. Der Mann hatte sich wieder auf seinen Spazierstock gestützt, der Griff des Stocks glänzte orange und hatte die Form eines Eis, er ähnelte dem in *Jurassic Park,* wo der alte Mann mit dem Spazierstock die ganze Zeit sagt, dass sich das Leben immer seinen Weg bahnt. Ich habe nie verstanden, was er damit meint.

Den uralten Mann mit dem Spazierstock hatte ich noch nie im Kurpark gesehen. Ich überlegte, dass er so alt war, dass er schon zur Hochzeit des deutschen Schäferhunds gelebt haben musste.

Langsam leinte Rudi seinen Plummi an und sah dem Mann in die Augen, der nickte und so wirkte, als würde er jeden Tag Ratschläge an gequälte Hunde und ihre Besitzer erteilen. Er verzog nicht mal das Gesicht bei Plummis Anblick. Und der war schon schlimm dran, der kleine, dumme Plummi.

Die erste Zeit ging Plummi langsam hinter uns, doch nach und nach wurde er schneller, und bald überholte er uns sogar. Einige Fellbüschel segelten immer mal wieder auf den Weg hinter ihm.

Einmal hielten wir an. Rudi goss etwas Bier in seine Handfläche und ließ Plummi davon trinken. Er schlabberte ganz schön, und ich dachte, Bier hilft doch wirklich immer. Dann tranken wir die angefangene Flasche abwechselnd leer. Wir konnten sie gebrauchen, wir wussten nicht, wie das mit Plummi ausgehen würde.

Im Wartezimmer des Tierarztes sagte Rudi, seine Hand sei klebrig und stinke abgestanden. Immer wieder kratzte er sie. Ich sagte nichts dazu, sondern konzentrierte mich auf den Sekundenzeiger der Wanduhr vor uns. Währenddessen tat der Arzt alles, was er konnte, um Plummi wieder zusammenzuflicken.

Im Wartezimmer saß auch eine ältere Frau, die sich mit einer nur ganz bisschen zitternden Hand und ohne Spiegel ihre Lippen nachzog. Zu ihren Füßen stand ein miauender Plastikkäfig. Er stand mit dem Gitter zur Tür. Dabei hätte ich so gern die Katze darin gesehen. Dann wartete noch ein schnurrbärtiger Mann in einem

Blaumann, der auf seinen Knien eine durchsichtige Box hielt. In der Box wuselte sich eine gefleckte Ratte durch Streifen von Zeitungspapier.

Wir warteten so lange, dass ich schon glaubte, die Wanduhr fange gleich an, mich zu hypnotisieren. Irgendwann, nachdem Rudis Herz schon etwas kleiner und runzliger geworden war, steckte er seine Hand in die Hosentasche und holte einen handgeschriebenen Zettel raus. Blasses, kariertes Papier. Mit einem herausgerissenen Rand. Ganz schnell rausgerissen. Und genauso schnell notiert: der Name, Vorname, die Adresse, Telefonnummer des Schäferhundbesitzers. Ich nahm Rudi den Zettel aus der Hand. Am rechten unteren Rand klebte ein klitzekleiner Blutfleck. Er war so regelmäßig rund, als hätte man ihn mit einem Zirkel gezogen. Ohne genaues Hinschauen hätte man ihn gar nicht entdeckt. Trotzdem war er da. Es war Plummis Blut.

Den Blutfleck untersuchte ich noch, als der Arzt uns rief. Dann steckte ich den Zettel in meine Hosentasche und folgte Rudi.

Zwei Tage blieb der Zettel in meiner linken Hosentasche. Ich zog die Hose aus und wieder an, aber der Zettel blieb drin. Ich musste ihn mir gar nicht ansehen, um zu wissen, dass er da war. Nur manchmal klopfte ich auf die Tasche. Das reichte mir, dann dachte ich wieder daran, dass der Name, Vorname, die Adresse, Telefonnummer des Schäferhundbesitzers in greifbarer Nähe waren. Das zu wissen gab mir ein gutes Gefühl.

Rudi fiel es nicht auf, er kümmerte sich nicht um den Zettel. Sowieso wollten die Treilingers erst am Ende der ganzen Schinderei die Tierarztrechnung verschicken. Aber natürlich war das nicht die einzige Rechnung, die man verschicken musste. Die Treilingers waren in den zwei Tagen bloß zu beschäftigt damit gewesen, Plummis Narben einzucremen, sein Winseln auszuhalten und für den Starnberger See zu packen. Als sie gefahren waren, rief Rudi mich an.

»Sie sind weg, und sie machen sich furchtbare Sorgen um jeden und alles. Sie haben mir lauter vorgekochte Sachen dagelassen.«

»Was zum Beispiel?«

»Ich weiß nicht. Risotto?«

Es knisterte in der Leitung, ich hörte, wie Rudi zum Kühlschrank ging, um nachzusehen, ob er recht hatte. Während ich den Hörer hielt, lag ich im Bett, neben mir auf meiner karierten Decke war der Computer aufgeklappt. Ganz warm wurde der Computer davon. Bevor Rudi angerufen hatte, hatte ich im Internet lange etwas über Hexen gelesen.

Dann meldete sich Rudi wieder.

»Ja. Risotto. Und haufenweise anderes. Was machst du so?«

»Rudi, weißt du, wieso die letzte Frau, die als Hexe verbrannt wurde, verbrannt wurde? Weißt du, was sie getan hatte?«

»Sie hatte überall rote Haare?«

Darüber musste ich kurz nachdenken, überall rote Haare, wirklich ü-ber-all.

»Sie war Babysitterin, und das Mädchen, auf das sie aufgepasst hatte, fing irgendwann an, Nägel auszukotzen, so schwarze, schon ganz verrostete Nägel. Das Kind kotzte Fontänen von Nägeln aus. Als gäbe es nix anderes auf der Welt, als wäre das ganz normal, schwarze Nägel auszukotzen.«

»Wieso war das die Schuld vom Babysitter, wenn das Mädchen keine Nägel verträgt?«

»Sie dachten, sie hätte das Mädchen verhext.«

»Willst du abends herkommen und mit mir auf Plummi aufpassen?«

»Keine Par-tey?«

»Keine Par-tey, aber wir haben haufenweise zu trinken da, einfach haufenweise, die Elternbar ist voll mit lauter Zeug.«

Ich stellte mir den Abend vor. Wir würden trinken, Plummi verarzten, trinken, Plummi verarzten. Dann bat ich Rudi, mir aufzuzählen, was in der Elternbar alles drin war.

»Rum Anejo, Wodka, Weinbrand ...«

»Halt, was für Wodka?«

»Sieht teuer aus.«

»Ich mag nur den billigen.«

Ich klang dabei melancholischer, als ich es wollte. Aber was sollte man machen? Es stimmte. Ich mochte nur den billigen Wodka. Ich konnte ihn mit allem Möglichen pantschen. Orangensaft. Dieser nachgemachten Supermarkt-Cola. Wasser, sogar warmem Wasser, solange ich Waldmeistersirup dazutat. Ich pantschte alles, ich kriegte alles runter, ich trank dieses süße Zeug und machte danach Sachen, die ich nicht tun sollte. Deswegen stand auch etwas zwischen mir und meinen Eltern: *das Ultimatum*. Und laut dem Ultimatum konnte ich mir nicht noch eine dieser Sachen erlauben, denn dann würden sie mich nach *Sankt Johannesweide* schicken. Das war eine locker geführte Klapse in der Nähe, aber die Leute kamen auch von weit her – wegen der ganzen Natur und weil die Klapse einen guten Ruf hatte.

Um acht Uhr abends machte ich mich fertig, um zu den Treilingers zu radeln. Meine Eltern blieben filmschauend im Wohnzimmer zurück, mein Vater hatte den Arm um meine Mutter gelegt. Ich spürte, wie sie mir nachguckten, drehte mich aber nicht mehr um.

Vor dem Haus der Treilingers stieg ich völlig verschwitzt vom Rad. Der kurze Weg zur Tür kam mir dann so unmöglich schwer vor. Ich dachte an die Geschichte, die mein Opa mir schon Tausende Male erzählt hatte, wie er im Krieg, im Schützengraben, verdreckt und gerade zum Mörder geworden, eine Zigarette rauchte. Ich dachte daran, wie man an etwas denkt, das man selbst erlebt hat. Ich sah es in meinem Kopf, ich spürte alles, was dazugehört haben musste, das Fummeln nach der zerknitterten Zigarettenpackung in der Brusttasche, das Herausholen der Zigarette, das Anzünden, und dann kam endlich – was musste man alles tun, damit es so weit war – das Inhalieren. Das, worauf man so lange gewartet hatte, das Luftholen, die Pause, das Von-vorne-Anfangen. Als ich vor der Tür der Treilingers stand, dachte ich, dass ich so eine Pause gebrauchen könnte.

Das Wrack lag an seinem Platz, einem großen braunen Kissen, und pennte. Natürlich ging es zunächst nur um Plummi und Plummis Zustand, was aber gar nichts mehr miteinander zu tun hatte. Denn Plummi war über sich hinausgewachsen, er war jetzt mehr als nur ein kleiner, schon fast dreist fröhlicher Mischling, Plummi war jetzt zu einer Erinnerung geworden, an den letzten Schultag, an einen alten Nazi, an die Tödlichkeit deutscher Schäferhunde und an dieses ganze Blut.

Weil der Wodka zu teuer war, tranken wir stattdessen Rum-Cola. Das Kissen mit dem Wrack legten wir zu unseren Füßen neben die Couch, und wenn Plummi im Schlaf winselte oder seine Pfoten zuckten, machten wir eine Pause und streichelten ihn. Es kam mir auf einmal so wichtig vor, dass er genauso idiotisch blieb, wie er es schon immer gewesen war.

»Ist Plummi noch der Alte?«

Rudi machte den Mund auf, sagte aber nichts und nahm die Flasche Rum vom Couchtisch, um sich noch ein Glas zu machen. Ich wollte ihm Zeit geben zu antworten, aber ich musste es wissen.

»Freut er sich noch über alles? Ist er immer noch in die Schuhputzhündin verknallt?«

»Dafür ist er noch zu durcheinander und fiebrig. Aber ich glaube, dass diese ganzen alten Sachen irgendwann wiederkommen.«

Ich nickte und stieß mit einem Finger den weißen Reif um Plummis Hals an, der von der Berührung kurz wackelte und sich dann wieder regelmäßig hob und senkte im Atemrhythmus des schlafenden Plummi.

Kurz vor ein Uhr nachts machte ich mich fertig zum Gehen. Wir schwankten zwar, waren aber nicht besoffen wie die Schweine. Ich stand im Flur und schnürte meine Schuhe zu, als Rudi mich rief.

Im Wohnzimmer kniete er neben Plummi, der mich dumm anstarrte und sogar ein bisschen mit dem Schwanz wedelte. Ich hatte nur einen Schuh an, ich kam näher, und Rudi war so aufgeregt, wie er es um diese Zeit und bei den vielen Rum-Colas noch sein konnte.

»Zum ersten Mal heute ist er richtig wach.«

Ich kniete mich vor Plummi und hielt ihm meine Hand vor die Schnauze, doch er leckte sie nicht ab, sondern guckte nur vor sich hin, sein Schwanz wedelte.

»Willst du sehen, was er für einen Befehl kann?«

Natürlich wollte ich. Das Hundekissen war übersät von weißen Haaren, der Tierarzt hatte das Fell an vielen Stellen abrasiert. Dort, wo es abrasiert war, heilten jetzt die großen feuchten Narben.

Rudi setzte sich vor Plummi hin, hielt seinen rechten Zeigefinger in die Höhe und sagte den Satz mit dem Pfötchengeben, sagte den Befehl mehrere Male. Dann, nach der fünften oder sechsten Wiederholung, leckte Plummi sein Maul ab, machte eine komische Kopfbewegung und hob tatsächlich seine linke Pfote. Ich nahm und schüttelte sie, als würde ich einen Politiker begrüßen. Dann legte ich die Pfote wieder zurück, und Rudi und der Stolz gehörten von nun an zusammen.

Ich raste durch die Nacht. Betrunken konnte ich schon immer besser radeln als gehen. Die Sicherheit, die Langeweile, Waldesreuth war voll davon, genauso wie die Brennnesseln überall einfach so wuchsen und einen beim Wandern an den Waden stachen. Aber immerhin, vor einigen Jahren wurden hier drei Männer ermordet. Säufer. Unterste Stufe. Niemand kannte sie. Die hatten keine Familie und nichts. Tief in der Nacht wurden sie niedergemetzelt, niemand hatte was gesehen, und den ganzen Sommer lang durfte ich abends nicht mehr Fahrrad fahren. Aber bald wurde das vergessen, als wäre es nie passiert. Nur ich erinnere mich noch, ich, der ich für immer und ewig durch diese niederbayerische Kurortluft radeln werde, ohne dass sich jemals etwas ändert, und dann verrecke ich wahrscheinlich eher, statt jemand anderes zu werden, jemand Echtes.

Später würde ich sagen, ich wüsste nicht, wie ich dorthin gekommen sei, als ob ich automatisch hingefahren wäre, ohne zu überlegen. Aber natürlich würde das gelogen sein.

Die Adresse hatte ich sofort gefunden, weil das Haus neben dem uralten, dem des Professorenpaars aus Passau, stand. Aber am Haus des Schäferhundbesitzers war nichts alt. Es war genau die Art Haus, die man hier baut, wenn man Kinder kriegt und auf einmal alles anders ist. Sachen müssen zur Ruhe kommen. Konzentration ist angesagt. Und so war dieses Haus. Gemähter Rasen und diese Fliegenlaternen, die die Hoffmann macht und die ich hasse. Rosen, die sogar dufteten. Und der Aufkleber auf dem dunklen Holzzaun: *Hier wache ich.* Das Foto des Schäferhunds darauf war nicht blass und unscharf wie bei den Häusern von alten Frauen, die gar keine Schäferhunde mehr haben, das Foto hier war frisch und glänzte.

Ich lehnte mein Fahrrad gegen den Zaun und machte das Gartentor auf. Ich hatte keine Angst. Ich wartete auch nicht auf den Schäferhund, ob er kommen und mich beißen würde.

Nirgendwo im Haus brannte Licht. Wieso sollte da jemand auch so spät noch wach sein? Außer vielleicht es war die Frau, die bis in den Morgen einsam im Wohnzimmer Fernsehen guckte. Ich hatte von so was gehört. Aber die Frau kümmerte mich nicht. Ich wollte nur den Schäferhundbesitzer, ich wollte etwas von ihm, das mir nur wenige geben konnten. Ich konnte sie auch nie darum bitten, sondern musste es *arrangieren*.

Nachdem ich vier Mal oder noch öfter geklingelt hatte, kam er an die Tür. Er sah mich verschlafen an, ich grüßte nur durch eine leichte Kopfbewegung, er wusste sofort, wer ich war.

»Man hat mir geschrieben, dass es dem Kleinen schon besser geht?«

Ich sagte nichts, da redete er einfach weiter.

»Der Michl hat so etwas noch nie gemacht. Ich könnte bei weiß Gott was schwören.«

Er wartete darauf, dass ich etwas sagte, aber mein Kopf war leer, und in meinem Inneren, dort, wo mein Herz sein sollte, steckte eine große, dicke Faust. Der Schäferhundbesitzer machte einen letzten Versuch.

»Als wir zu Hause waren und ich ihn sauber gemacht hatte, habe ich ihm derb auf die Schnauze gehauen. Er hat gewinselt, und ich glaube, dass er wusste, er hat es verdient. Er wusste, er hat was falsch gemacht.«

Ich fragte mich, was der Schäferhund gerade machte. Vor dem Haus gab es keine Hütte. Schlief er im Hintergarten und bereute alles? Aber dann dachte ich: Vielleicht gehört er gar nicht zu der Rasse, die je etwas bereut.

»Was ist?«
Der Schäferhundbesitzer wurde zum ersten Mal laut.
»Was ist los? Wieso sagst du nichts? Was willst du?«
»Ich will nichts weiter als deine Frau ficken.«
Ich sprach die Worte aus wie selbstverständlich, als ob ich sie eingeübt hätte, dabei bekam ich selbst einen Schrecken, als ich sie hörte.

Er kam einen Schritt auf mich zu und versuchte, mich mit seinem Blick zu verstehen. Vielleicht hatte er gehofft, dass ich wie ein Junkie aussehe, dass ich richtig auf Drogen war. Er hatte auf etwas gehofft, das mich entschuldigen würde.
»Was hast du gesagt?«
»Bist du taub? Ich sagte, ich bin hier, um deine Frau durchzuficken, einfach überall rein.«
Meine Hände hingen herab wie die Hälse von toten Gänsen, und ich schwitzte. Ich hatte das Gefühl, dass dieser Schweiß süß roch vor lauter Rum-Cola. Ich wartete nur auf das eine. Ich wartete, dass er es endlich tun würde.

Sogar als wieder alles still und dunkel im Haus war, stand ich noch vor der zugeschlagenen Tür. Ich glaube nicht, dass Hubert Weiß sich im Griff hatte, dass er sich nicht hat hinreißen lassen, dass er ein echter Mann war, der es nicht nötig hatte, und der ganze blöde Rest, nein, ich glaube, dass es in Hubert Weiß solche Gefühle und Wünsche gar nicht gab. Gefühle und Wünsche, wie ich sie hatte. Als ich das von seiner Frau gesagt hatte, hatte ich mir vorgestellt, wie er mir wütend mit seiner Faust ins Gesicht schlagen würde. Wie ich Teil seiner Wut werden und wie ich fallen würde, vielleicht sogar die eine Stufe von der Tür runter auf den asphaltierten Weg. Aber nichts war passiert.

Ich fühlte den hellen Holzrahmen der Eingangstür nach, oben konnte man noch sehen, wie die Kinder zu den Heiligen Drei Königen durch die Nachbarschaft gegangen und ihre Kreidespuren von Caspar, Balthasar und Melchior hinterlassen hatten. Aber ich dachte mir, das ist nicht genug, das Haus ist nicht genug gezeichnet. Kaplan Mandl hatte uns in der Schule von Geschichten aus der Bibel erzählt, von einer Zeit, als die Leute ihre Türrahmen mit Blut markieren mussten.

Besonders fiel mir eine schöne Stelle in Kopfhöhe auf, an der das Holz des Rahmens in einem schwarzen Punkt zusammenlief, der wie ein Tornado aus einer winzigen Welt wirkte. Ich konzentrierte mich auf diesen Punkt. Ich sah so lange diesen Punkt an, bis er sich nicht mehr vor meinen Augen drehte. Dann biss ich mit voller Kraft zu.

Am nächsten Morgen, einige Zeit, nachdem ich halb wach wurde durch ein Telefonklingeln, schlich sich mein Vater mit einem Frühstückstablett in mein Zimmer. Weil er so heimlich tat, dachte ich, dass er es wieder geschafft hatte, die Sache vor meiner Mutter zu verbergen.

Ich saß in meinem Bett, mein Vater daneben, ich

kaute das Honigbrot, das er mir mitgebracht hatte, und er fing an zu reden.

»Der Weiß Hubert hat angerufen und einiges erzählt. Ich hab mit deiner Mutter gesprochen, und wir sind uns einig, das war das letzte Mal. Du musst nach Sankt Johannesweide und wieder gesund werden.«

Gerne hätte ich ihm gesagt, dass es diesmal anders war, dass ich gekämpft hatte, und zwar für Plummi. Es war ritterlich, für so jemanden wie Plummi zu kämpfen. Aber einer der Nachteile, Kristan Ranftl zu sein, war zu wissen, wann Kristan Ranftl log. So kaute ich weiter an meinem Honigbrot und sagte erst dann wieder was, als ich das süße Zeug runtergeschluckt hatte.

»Es gibt eine Sensation, von der du noch nichts weißt. Plummi kann jetzt einen Befehl.«

Mein Vater atmete schwer auf, eher seufzte er.

»Was kann er denn?«

»Pfötchen geben. Er ist der geborene Pfötchengeber. Als hätte er sein Leben lang immer nur Pfötchen gegeben. Und dann kam dieser Schäferhund.«

Der Blick meines Vaters war sehr ernst, das stand ihm gar nicht zu Gesicht. Genau das hatte er nicht verstanden: Dass ich jetzt eben nicht mehr nach Sankt Johannesweide musste. Dass jetzt alles vorbei war. Nur Plummi müsste wieder gesund werden. Und meinen Zahn sollte mir jemand richten. Alles andere? Kleinkram.

DIEJENIGEN, DIE KRIECHEN

Es ist erst sechs Uhr früh, als es an der Tür klingelt. Bis es zum zweiten Mal klingelt, vergeht eine Weile, wir haben es hier also mit jemand Geduldigem zu tun. Ich trinke einige Schlucke aus meiner Tasse Grog, die ich mit beiden Händen umschlossen halte, als wäre noch Winter, als hätte ich es nötig.

Schließlich ist die Geduld dahin, und es klingelt ununterbrochen. Ich schiebe die Vorhänge beiseite. Ein Teenager steht an meiner Tür, und am Zaun parkt ein grüner Familienwagen. Die Frau darin macht ermutigende Handbewegungen in Richtung meines Hauses. Ich öffne die Tür einen Spaltbreit. Der schüchterne Junge davor sieht mit seinen weiten Hosen und Turnschuhen aus, als wäre seit Ende des letzten Jahrtausends nichts Wichtiges mehr passiert.

»Warte hier. Ich muss mich zurechtmachen.«
»Ja, Ma'am.«
»Ma'am?«

Ich mache die Tür wieder zu. Waldesreuth ist klein, man weiß ziemlich schnell so ziemlich alles: Der Junge muss John sein, der gutmütige Austauschschüler aus South Dakota, von dem mir mein Vater erzählt hat.

Im Bad beeile ich mich, meine Zähne zu putzen, die

bläulichen Halbmonde unter meinen Augen abzudecken, mich ordentlich zu kämmen. Dann wechsle ich meine verschwitzte Bluse, gehe beherrscht zurück zur Tür und mache John auf. Er ist ein hübscher Junge, fällt mir auf, das hatte mein Vater nicht erwähnt.

Als die Schmerzen einsetzten, nahm ich sie auf eine gutmütige, man könnte sagen christliche Art hin. Im Sinne von: Der Herr gibt. Der Herr nimmt. Und nimmt und nimmt. Aber hier hast du ja noch etwas übersehen, Herr, bitte nimm das auch. Auf dem Höhepunkt der Schmerzen zog ich zurück nach Waldesreuth. Und seitdem bin ich hier.

Die Schmerzen zu erklären ist nicht einfach, es sind starke, einen zermarternde, unberechenbare Schmerzen. Sie haben mich verändert. Ich wurde ruhig und zäh. Man könnte auch sagen, ich wurde ruhiggestellt. Man könnte auch sagen, ich habe mich selbst ruhiggestellt.

Es war schon alles da, nur noch die Ernte musste eingefahren werden. Die Schmerzen hatten Ursachen – beziehungsweise eine Hauptursache –, und es musste endlich mal jemand diese Ursache aussprechen, dieses Wort, von dem wir alle besessen sind, diese Krankheit, die nach einem Tier benannt ist. Einem altertümlichen, kriechenden Tier, das wir zu kennen glauben. Aber in Wahrheit fingen wir gerade erst mit dem Feuermachen an, als seine Vorfahren schon seit Ewigkeiten über den Planeten zogen und auf ihre nächsten Fressopfer warteten, geduldig warteten, um dann unvermutet zuzuschlagen.

»Ich bin John.«

Ich versuche, mich in Johns sehr unschuldigen, sehr grünen Augen zurechtzufinden. Die fantasielose Kurzhaarfrisur lenkt allerdings davon ab, genauso wie sein Pullover mit der aufgedruckten Zahl Vierundsiebzig.

Wieso unbedingt die Vierundsiebzig? Was hat es mit diesen Zahlen auf sich? Ist es ein Code?

Sollte ich eine dazugehörige Zahl kennen, und dann kämen wir überein, was wir als Nächstes tun?

»Ich weiß, mein Vater ist Lehrer. Ich bin Carli. Willst du ein kleines Souvenir vor deiner Heimreise kaufen, John?«

»Yes.«

Er versucht, so standhaft wie möglich zu klingen, aber Tränen sammeln sich in seinen Augen, ohne herunterzufließen.

»Komm erst mal rein.«

Ich führe ihn hinein und winke der neugierigen Gastmutter im Auto zu. Wahrscheinlich hält sie das für eine gelungene Erziehungsmaßnahme, wahrscheinlich will sie ihm Selbstständigkeit und eine erhöhte Sprachkompetenz im Deutschen beibringen. Leute wie sie kaufen regelmäßig bei mir ein, denn das, was ich mache, spricht sie an. Sie wissen nicht, wieso ich es mache, und ich weiß nicht, wieso es sie anspricht.

John erzählt mir, dass in dieser Nacht, erst vor wenigen Stunden, seine gesamte Klasse zu dem Haus der Gasteltern gekommen sei, ihn aufgeweckt und auf den Balkon hinausgerufen habe. In der feuchten Kälte zu ihm hinaufblickend, sangen sie *America the beautiful*. Er musste wohl weinen, ich kann erkennen, dass er noch immer aufgelöst ist.

Diese dumme Tatsache, dass er zu seinem Leben in South Dakota zurückkehren muss, kann er nicht verwinden. Ich weiß, was er meint. Ich kehre nonstop zu meinem Leben zurück, und es ist nicht mal in South Dakota. Ich bin eine Meisterin der Rückkehr.

»Ich will etwas kaufen für meine Mom und meinen Vater.«

»Gut. Kriegst du.«

»Und für meine kleine Schwester und meine große Schwester.«

»Natürlich.«

»Meine kleine Schwester ist five.«

John hält seine linke Hand hoch, als solle ich einschlagen.

»Habt ihr denn einen Garten, oder soll es eher eine Wohnzimmerlampe sein?«

»Und für meinen Bruder. He is off to college.«

»Ja. Machen wir.«

»He is gone.«

»Ja.«

»Everyone recommended you.«

»So ist das eben, wenn man berühmt ist.«

Ich versuche mich an einem charmanten Lächeln. Vielleicht ein flirtives Lächeln? Ich kann nicht beurteilen, ob es mir gelungen ist, aber daraufhin stocken die Tränen in seinen Augen, und neue kommen nicht mehr hinzu.

Die Schmerzen tauchten gegen Ende meines Zusammenlebens mit Everhard auf. Etwas anderes fiel noch in diese Zeit: Mein epochaler Hass. Ich hasste ihn.

Wenn er wieder mal nicht da war, ging ich in sein

Zimmer, öffnete die mattgraue Schiebetür seines Kleiderschranks und blickte auf die lange Reihe nach Farben sortierter, von der Reinigung gewaschener und einwandfrei gebügelter Hemden. Zuerst kam Weiß, dann Beige, dann Grau, dann Hellblau, dann Dunkelblau und zum Schluss, ganz rechts, ein schwarzes Hemd, nur ein einziges. Wozu brauchte er es? Zum Ausgehen? Für Beerdigungen? Die ganze Zeit über hatte ich ihn nie in diesem Hemd gesehen, und er nahm es auch nicht auf seine Geschäftsreisen mit.

Irgendwann betrat ich wieder sein Zimmer. Ich öffnete den Kleiderschrank, und zwei Motten flogen mir entgegen. Zuerst stießen sie gegen meine Stirn und flogen danach weiter durch die Wohnung. Ich versuchte, ihnen zu folgen. Ständig stießen sie gegen etwas an, meistens waren es Fenster, manchmal auch Türen. Ich stand daneben und beobachtete sie wie ein Gott seine Geschöpfe. Einmal kamen sie zur Haustür, also machte ich sie auf, und sie waren auf der Stelle fort.

Ich folgte ihnen in den Hausflur hinaus, er war hell, hatte schwarz-weiß karierte Bodenfliesen, und die Treppenläufe aus Messing waren glänzend poliert. Ich ging zum Fenster, das in den Innenhof zeigte. Der Tag war neblig und vergessen, niemand hatte ein schlechtes Gewissen, zu Hause zu bleiben. Das Einzige, was ich draußen in dem allumfassenden Weiß erkennen konnte, waren die schwarzen Zweige eines winterlich nackten Baums. Aber dann sah ich, dass etwas auf dem Fensterbrett lag. Ich hatte es zuerst nicht bemerkt, weil der schwarze Granit jeden Schmutz verschluckte. Aber dort bewegte sich etwas, schwach und winzig.

Auf dem Fensterbrett lag eine Fliege. Eine dieser dicken, müden Herbstfliegen, die ihre Artgenossen aus irgendeinem Grund überlebt haben und jetzt unglücklich herumwandern, leicht zu fangen sind und schon kurz vor dem Tod stehen. Ich hob sie auf. Sie fühlte sich wie ein kleines Bonbon an. Dann öffnete ich das Fenster und ließ sie frei. Sie fiel eher, als dass sie flog.

Je genauer ich dann hinsah, desto mehr Fliegen entdeckte ich auf dem Fensterbrett, etwa ein Dutzend. Wieso hatte sie niemand weggeräumt? War das hier das große Haus des Fliegensterbens, in dem die Viecher mitten im Flug auf den Boden knallten? Die restlichen, toten, befanden sich in verschiedenen Stadien der Auflösung. Bei einigen waren nur die Füße nach oben gestreckt, ansonsten sahen sie makellos lebendig aus, bei anderen meinte man, schon bei ihrem Anblick das Knirschen ihrer ausgehöhlten Körper hören zu können. Ich sah mir jede einzelne an und blickte dann wieder aus dem Fenster.

Der Nebel hatte sich ein wenig gelichtet, zumindest für mich.

John und ich stehen in der offenen Tür des Verkaufsraums. Die Rollläden sind heruntergelassen, es ist dunkel. Weil es droht, ein schrecklicher erster Tag vom Rest eines schrecklichen Lebens zu werden, bin ich zu Verrücktheiten berechtigt. Ich lege meine Hand auf Johns Nacken, ohne Druck, wie selbstverständlich, er bewegt sich nicht. Er starrt nur in den Raum hinein und erahnt Umrisse. Mit der anderen Hand drücke ich den Schalter, und alle Insekten leuchten auf einmal auf. Diese Show mache ich immer bei neuen Kunden, aber der Unterschied ist, dass der Junge sein *Wow* auch so meint. Ich lasse danach seinen Nacken los, und auch jetzt sagt er nichts. Ich frage mich, was ich alles anfassen könnte, bevor er Einspruch erhebt.

Ich dachte, es wäre mir egal, vier Tage im Monat jemanden bekochen zu müssen. Dazu hätte ich die Wohnung auch ohne ihn sauber gehalten. Dass ich häufig zur Textilreinigung musste, schien kein großes Opfer, schließlich war es nicht mein Geld, das ich dort auf der Ladentheke liegen ließ. Nun, die Zyklusblutung bekommt man ebenfalls nur an ein paar Tagen im Monat, trotzdem, im Laufe der Zeit, wird sie zu einem festen und ständigen Bestandteil des Bewusstseins, selbst wenn sie gerade nicht da ist, ist sie präsent.

Und so begann, was beginnen musste, die wachsende Abneigung und danach der Hass, gepaart mit körperlichem Ekel. Durch nichts ließ sich dieser Hass ausgleichen, denn ich hatte keine Freunde in München, und meinen Eltern konnte ich nicht davon erzählen, denn sie warteten nur darauf, dass ich den Fehler bei der Wohnungswahl eingestehen würde. Außerdem lief das Studium von Anfang an schlecht. Nicht, dass ich nicht talentiert war. Ich weiß einfach nicht, ob ich es war oder bin. Das war für mich keine Frage, die es sich zu stellen lohnte.

Mit dem Hass kamen die Schmerzen: Ein dicht gewebtes Netz, ausgeworfen an überraschenden, manchmal unzumutbaren Stellen, wie etwa an der Innenseite des rechten Schenkels oder zwischen den Schulterblättern oder hinter den Ohren.

Ich bleibe an der Tür stehen und beobachte den Jungen. Glück ist, wenn du trotz eines unerwarteten Besuchs zufällig genau die Menge Alkohol getrunken hat, die dich hoch in die Luft hebt, ohne dich schon mit einem ausgereiften Rausch oder der Müdigkeit, die zwangsläufig folgt, nach unten zu schleudern.

Die Szenerie wirkt verwunschen, wie John die Deckenlampen berührt, eher streift, die Laternen, die Tischlampen, die Fluter, die großäugigen, eleganten Libellen, die dicklichen Marienkäfer, die Tausendfüßler, für die ich mich tagelang vor den Fernseher gesetzt habe, um in unzähligen Dokumentationen ihren Körperbau zu studieren. Wie orchestrieren sie diese Füßchen? Wie machen sie das? Es sieht so aus, als würden sie sich über den Erdboden ergießen. Ähnlich flüssigem Metall. Oder Lava. Obwohl ich weder das eine noch das andere je mit eigenen Augen gesehen habe. Aber ich stellte es mir vor. Man stellt sich alles Mögliche immerzu vor. Es ist wie eine Krankheit des Gehirns. Als wäre das Gehirn ein sturer Arbeitssüchtiger, der im Anzug und mit Telefon am Ohr mitten im Meer steht und mit seinem Boss telefoniert, während um ihn herum Kinder spielen und Möwen kreischen.

Dass ich in München mit Everhard Rohm zusammenzog, kann man nur mit einem Gefühl erklären, und dieses Gefühl wiederum lässt sich nur in Zahlen ausdrücken. Später habe ich herausgefunden, dass ich mit meiner Arroganz gegenüber meiner Klasse gänzlich unrecht hatte, aber was ich früher dachte, war: Aus meiner Abiturstufe am Waldesreuther Gymnasium haben später achtzig Prozent Lehramt oder Betriebswirtschaftslehre in Passau oder Regensburg studiert. Fünfzehn Prozent haben vor Ort eine Ausbildung angefangen, beispielsweise als Bürokaufkraft oder Versicherungsmitarbeiter. Die restlichen fünf Prozent haben weiter weg studiert. Und mit weiter weg meine ich München oder Wien, schöne Orte, bei deren Anblick man an alte Romane denkt über Familien, die blühen und danach vergehen.

Wir waren verwöhnt und wollten Komfort. Wir mochten die Landschaft hier, wir wollten an keinen Ort ziehen, an dem der Horizont flach vor uns lag. Oder, so muss ich es sagen, *ich* wollte das nicht, *ich* war verwöhnt. So kam es zu Everhard Rohm. Ich habe im vollen Bewusstsein all seiner Wünsche und Bedingungen eingewilligt, alles war im Vorhinein geregelt, und es ging nie ums Ficken. Nicht mal ansatzweise. Im Nachhinein glaube ich, selbst wenn ich gewollt hätte, wäre es nie ums Ficken gegangen.

Natürlich hatten sich viele auf seine Anzeige hin gemeldet, die Wohnung lag fünf Minuten zu Fuß vom Viktualienmarkt entfernt, der verlangte Preis konnte nicht ernst gemeint sein, das Zimmer war mit seinen dreiundzwanzig Quadratmetern erstaunlich groß, und man musste nicht mit etlichen anderen Studenten zusammenwohnen. Bei der zweiten Runde, nachdem klar wurde, dass die Konditionen nicht verhandelbar waren, verminderte sich die Zahl der Anwärter drastisch.

Everhard Rohm wollte nicht einfach nur ein großzügiges Zimmer in seiner perfekten Wohnung mit Parkett für gerade mal zweihundert im Monat vermieten, er wollte eine Art Mutter dazu.

Er ließ sich kaum in der Wohnung blicken, denn als preisgekrönter Unternehmer, der mit dem Fahrrad zur Arbeit fuhr, hatte er keine Zeit dafür. Selbst wenn er mal wenige Nächte in München blieb und nicht reiste, um weltweit in Wasserkraft zu investieren, übernachtete er oft in seinem Büro. Wenn er aber da war, was er immer rechtzeitig vorher ansagte, wollte er, dass man anwesend war, dass der Kühlschrank gefüllt war, dass man etwas gekocht hatte, dass die Wohnung *reinlich* war, und nachdem er gefahren war, sollten die zurückgelassenen Hemden und Anzüge auf seine Kosten zur Reinigung gebracht, wieder abgeholt und aufgehängt werden. Erwartungsvoll und faltenfrei sollten sie im Schrank auf seine Rückkehr warten.

Bei dem Vorstellungsgespräch, als wir in der Küche saßen und er uns Spezi einschenkte, fragte ich ihn:

»Was ist, wenn ich mal nicht da bin, wenn du nach Hause kommst?«

Er trank einen kleinen Schluck und wirkte überhaupt nicht wie das egomanische Monstrum, für das man ihn aufgrund der Bedingungen hätte halten können. Er antwortete mir, und eine Woche später zog ich ein. Was er sagte, war:

»Dann würde ich dich sehr vermissen.«

Ich bringe es einfach nicht fertig, meine Lampen durch kleine, baumelnde Preisschilder zu verunstalten. Die meisten interessierten Kunden sehen sich die Insekten an und fragen dann nach dem Preis der größten Modelle, zum Beispiel der schulterhohen Gartenlaternen, auch wenn sie sie nicht kaufen wollen. So wollen sie sich vortasten, um selbst ein Gespür dafür zu entwickeln, wie viel das eine, besondere Modelle kostet, für das sie sich schon von Anfang an entschieden haben. Der Junge ist da anders.

Ich warte im Flur auf ihn, als er mit einer kleinen Fliege in den Händen zu mir kommt. Er fragt, wie viel sie kostet, und ich stehe nur da, weiß, dass er nach dem Kauf gehen muss, kann es aber nicht fassen, dass ich dann, an diesem Tag, nach dieser Nacht, allein bleibe. Wieso musste eigentlich nach dem gestrigen Tag der heutige folgen? Und wieso muss morgen wiederum ein neuer Tag beginnen? Wieso muss das ewig so weitergehen?

Ich nehme die Fliege, berühre dabei seine Finger und nenne ihm den Preis. Er nickt, und ich kann nicht anders, ich stelle mir Sachen mit ihm vor.

Meine gesamte Schulzeit verlief fad. Es waren wesenslose Jahre, eine Geisterzeit. Dass ich daran teilgenommen habe, erscheint mir immer noch unglaubwürdig. Im Grunde gab es das Leben vom Einsetzen der ersten Erinnerungen bis sieben und dann folgte eine lange Pause, ein Wachkoma. Danach setzte das Leben wieder mit neunzehn ein und dauert bis jetzt an, und das sind immerhin schon zwölf Jahre. Aber die Schulzeit: Sie war bestenfalls langweilig, meistens schrecklich, und schlimmstenfalls hatte ich meinen Vater als Lehrer.

Am meisten fürchtete ich seine Geschichten. Schon wenn er wieder mit dem Erzählen anfing, begannen meine Hände zu schwitzen, denn ich hatte jedes Mal Angst, er würde eine bestimmte Episode aus meiner Kindheit preisgeben. Immerhin hat er es nie getan, während ich noch das Gymnasium besuchte.

In den Waldesreuther Schuljahren passierte Folgendes: Im Kunstunterricht der elften Klasse hatten wir aus Wellblech Lilien gestaltet, die dann im Kurpark ausgestellt werden sollten. Als ich später durch den Waldesreuther Kurpark ging und an den abfallenden Ufern des Sees die Lilien entdeckte, kamen sie mir wie perfekte Gegenstände vor, sie gefielen mir viel besser als die echten Blumen, nach denen wir sie modelliert hatten.

Als Erstes suchte ich nach meiner Lilie.

Und fand sie. Eine Spinne hatte sich in den äußeren Blütenblättern eingenistet. Sie krabbelte auf ihrem Netz und wartete auf Beute.

In der zwölften Klasse belegte ich dann den Leistungskurs Kunsterziehung.

Am Schluss machte ich in allen Fächern außer diesem ein mittelmäßiges Abitur. Aber es war gleichgültig, denn ich wurde an der Kunsthochschule genommen.

Und letztlich: Ich zog weg. Nach München.

Waldesreuth sollte nur noch einen schönen, schläfrigen Ort darstellen, an dem ich aus einem Zufall heraus meine Kindheit verbracht hatte. Nur der Beginn von etwas Großem.

»Ich muss am Nachmittag schon fahren. At three o'clock.«
»Münchner Flughafen?«

Ich trinke von meinem Kaffee und denke mir, dass er für den Jungen viel zu stark sein muss.

»Ja, Munich. Ich war fast ein Jahr hier, und erst am letzten Tag kaufe ich ein ...«
»Geschenk.«
»Ich habe einfach immer andere Sachen gemacht.«

Er sagt das auf eine traurige Art, und ich weiß, dass das daran liegt, weil die Sachen, die er gemacht hat, nicht traurig waren.

»Meine Gastmom wartet. I have to go.«

John erhebt sich vom Tisch, stützt dabei seine Hände mit den nervös abgekauten Fingernägeln darauf ab, sie wirken wie die Fingernägel eines Kindes, das gern draußen im Wald spielt. Er will an mir vorbeigehen, als ich ihn festhalte, an seinen Hüften.

»Warte. Ist es sehr kalt in South Dakota?«

Was meine Eltern, vor allem mein Vater, nie verstanden haben, war, dass der Vorfall mit der Weihnachtsbaumkugel keinerlei Bedeutung hatte. Manchmal ist es wichtig zu betonen, dass etwas *keine* Bedeutung hat. Ich habe es nicht aus einer Abenteuerlust heraus getan, deren sich mein Vater heute noch rühmt, besser gesagt, er rühmt sich dafür, der Vater eines furchtlosen, abenteuerlustigen Mädchens zu sein. Es war auch keine Neugierde, ich war sonst ein sehr ruhiges Kind und habe so etwas genau dieses eine Mal gemacht und danach nie wieder. Stattdessen handelte es sich bei dem Ganzen vielmehr um einen Fall von Zynismus, oder Fatalismus, einen dieser bedeutungsvollen Ismen. Die Idee dahinter: Hier ist die Weihnachtsbaumkugel. Hier bin ich. Und da ist die große, weite Langeweile. Warum nicht die ersten beiden miteinander kombinieren? Was gibt es schon zu verlieren?

»Es ist ein Prototyp.«
»Ein what?«
»Der Erste seiner Art.«

»Ist es ein Tier aus dem Meer? I would love that. I have never seen the ocean, but people say it's awesome.«

»Nein, nein, nein, das ist eine Larve. Siehst du das nicht? Eine Larve. Ein Baby-Insekt.«

»Oh ... ja.«

»Weißt du, was du damit machen kannst?«

»Besides looking at it because it's beautiful?«

»Du kannst dir damit in South Dakota die Hände wärmen.«

Ich erkläre ihm den Mechanismus im Inneren, wir stehen sehr nah beieinander, ich rieche sein Aftershave, das er exzessiv aufgetragen hat, obwohl ich nicht glaube, dass sein Bartwuchs schon dem eines Mannes entspricht. John streicht über die geschwungenen Formen des harten Larvenkörpers, über die Verzierungen und die Einlassung für das Kohlestück, als wäre schon etwas Warmes darin, etwas, das lodert.

Ich kann mich nicht daran erinnern, was nach dem Vorfall mit der Weihnachtsbaumkugel passiert ist, weder an das Krankenhaus noch an den Heilungsprozess, der recht lange gedauert haben muss. Was davor passiert ist und das Ereignis selbst, das alles aber weiß ich noch in lebhaften Einzelheiten.

Ich war sieben Jahre alt bei diesem Weihnachtsfest. Waldesreuth zur Winterzeit ist Teil eines Märchens. Die waldbewachsenen Berge sind von Schnee umhüllt, oft bildet sich Nebel zwischen den Häusern im Stadtkern, Lichterketten sind dazwischen aufgespannt, und der reichlich fallende Schnee bleibt bis zum Winter rein und weiß. Das alles sah ich auch als Kind, aber es beruhigte mich nicht wie heute, und manchmal war mir so langweilig, dass ich weinen musste. Dabei handelte es sich nicht um störrisches, hysterisches oder untröstliches Weinen, mein Weinen war bereit zu Kompromissen, immer auf dem Sprung zu einer Besserung, aber dennoch: leise entmutigt. Entmutigt von der zukünftigen, zwangsläufigen Langeweile. Entmutigt von der Unfähigkeit dieser Langeweile, mich endgültig zur Strecke zu bringen, so, wie ich es befürchtete, zugleich aber auch hoffte.

An diesem Weihnachtstag sollte die Familie kommen, ich kann mich noch an die Erwähnung sämtlicher Großeltern erinnern. Der Tag war für meine Eltern zweigeteilt. Das eine waren die harten Fakten der notwendigen Vorbereitungen – das Kochen, das Aufräumen –, das andere war die traute Familienzeit. Zunächst gab es ein ausgiebiges Frühstück mit heißer Schokolade, danach formte ich draußen Schneebälle, die ich ziemlich geschickt nach meinen Eltern warf. Zumindest waren meine Eltern bemüht, mich daran glauben zu lassen.

Als der Abend näher rückte, ließen mich meine Eltern im Wohnzimmer allein mit dem Weihnachtsbaum, unter dem die Geschenke lagen, die ich natürlich noch nicht öffnen durfte. Das nahm ich nicht als Folter wahr, denn ich hatte verinnerlicht, dass die Geschenke desto besser werden würden, je länger ich wartete, außerdem würden sie sich später durch die hinzukommenden Verwandten automatisch vermehrt haben.

An einem der unteren Äste hing eine Engelsfigur, ein pummeliges Kind. Ich nahm es herunter und ging damit zu der Krippe auf der Anrichte. Von dort nahm ich das Jesusbaby, das in seiner kratzigen Wiege aus Heu geistesabwesend in die Nacht starrte, und ging mit den beiden zum Baum zurück. Ich begann, sie aneinanderzustupsen, so, als würden sie sich küssen.

»Wenn ihr beiden schon solche Babys seid, dann bitte.«

Immer wieder stupste ich sie aneinander und wiederholte:

»Na bitte. Bitte.«

Bald langweilte mich das Puppenküssen, und ich brachte sie wieder an ihre Plätze zurück. Die Engelsfigur baumelte noch leicht am Ast, als mein Vater durch das Zimmer ging, um etwas aus dem Keller zu holen, er sagte, dass sie nicht mehr lange in der Küche brauchen würden. Die Engelsfigur hing bewegungslos da, als er wieder in der Küche verschwand.

Gleich daneben hing eine Weihnachtsbaumkugel aus der Garnitur, die meine Eltern schon seit Jahren benutzten und auch danach noch jahrelang benutzen würden, nur dass ich nächstes Weihnachten keine Minute mehr alleine mit dem geschmückten Baum gelassen wurde. Die Garnitur bestand aus glänzenden Kugeln verschiedenster Größen – sie alle waren von einem dunklen, erhabenen Lila. Neben der Engelsfigur hing eine der kleinsten Kugeln. Ich nahm sie vom Ast runter und hielt sie zwischen Daumen und Zeigefinger. In die juckenden Bahnen der getrockneten Tränen auf meinen Wangen flossen ganz ruhig neue Tränen, dieses Mal ungezwungen und mit einer gewissen Hoffnung verbunden.

Meine Eltern kamen gerade aus der Küche, als sie mich dabei erwischten, wie ich die kleinste Weihnachtsbaumkugel in meinen Mund steckte. Sie füllte ihn ganz aus. Ich kriegte meine Lippen nicht mehr zusammen.

Mein Vater konnte nur noch *Halt* schreien. Aber aufhalten konnte mich niemand mehr.

Wir stehen schon vor der Tür, da sage ich es doch noch.
»Ich war gestern beim Arzt. Er hat mir die Ergebnisse der vielen Tests gesagt, die ich endlich habe machen lassen. Denn du musst wissen, dass ich jahrelang die schlimmsten Schmerzen hatte. Und heute, da habe ich die ganze Nacht lang nicht geschlafen.«
»Oh my God. Bist du o.k.?«
Ich komme näher, in seinen Augen ist ehrliche Höflichkeit zu lesen, sogar Anteilnahme. Ich könnte ihn jetzt nehmen und seiner Mutter in Amerika beschädigt zurückgeben. Ich könnte ihn hier, auf dem Boden, auf der Couch oder stehend, gegen die Wand gelehnt, beschädigen. Wie diese Lehrerin, von der ich in der Zeitung gelesen habe, die auf dem Parkplatz der Highschool im Auto ihren vierzehnjährigen Schüler gefickt hatte.
»Ich habe keinen Krebs, John. Mir fehlt nichts. Kein Krebs, nicht mal ein bisschen, keine Multiple Sklerose, kein Parkinson, kein Aids, keine Diabetes, keine fleischfressenden Bakterien, kein Malaria, kein Kuru.«
John sieht mich fragend an und befühlt immerzu die zierliche Stahlfliege in seinen Händen. Es ist das kleinste Modell, das ich habe, eher ein Nachtlicht, und es wird im Haus seiner Eltern in South Dakota stehen und niemanden an mich erinnern. Noch nie habe ich so sehr den Wunsch verspürt, mit jemandem zu ver-

schwinden, den ich nicht kenne. Ich weiß nur leider, es würde nichts ändern.

»Weißt du, was der Arzt am Schluss zu mir gesagt hat, als ich ihn fragte, woher dann die ganzen Schmerzen kommen?«

John schüttelt den Kopf.

»Der Arzt zuckte mit den Schultern auf so eine Art, die dir klarmacht, dass er Respekt vor der unergründlichen Natur hat. Und dann sagte er: Der Körper ist keine Maschine. Genau das hat er gesagt. Kannst du dir das vorstellen? Der Körper. Ist. Keine. Maschine.«

Viele Jahre lang hielten sich in meinem Mund die Narben von der zerborstenen Schale der Weihnachtsbaumkugel. Noch als Teenager befühlte ich mit meiner Zunge ständig die Zeichen, die diese Narben hinterlassen hatten. Diese Zeichen erzählten von einer unerklärlichen Episode aus meiner Kindheit. Aber irgendwann verschwanden sie. Mein Mund, meine Zunge, sie sind heute so rein und rosa wie bei jedem anderen. Und das Einzige, was noch daran erinnert, an die Weihnachtsbaumkugel und den ersten großen Schmerz, ist die Geschichte meines Vaters. Seit ich die Schule verlassen habe, erzählt er sie jeder Klasse, die er neu bekommt. So lebt diese Geschichte neben mir weiter und blüht auf in ungeahnten, wunderschönen Einzelheiten.

DER GROSSE WUNSCH

I.

»Selbst wenn es jetzt stirbt, bleibt es trotzdem hier. Für immer bei uns.«

Gudruns Augenbrauen ziehen sich zusammen. Bei einigen könnte das Zorn bedeuten. Völlig verständlich, auf jemanden wütend zu sein, der so etwas auf einer Geburtsstation sagt. Andere würden damit Traurigkeit ausdrücken, weil wieder einmal klar geworden ist, dass jeder Mensch allein in seinem Fass vor sich hintreibt und niemand dieses Fass aufkriegen kann, egal, welches Brecheisen man dafür benutzt. Bei Gudrun kann das Zusammenziehen der Augenbrauen beides bedeuten. Denn ihre Haut ist zu jung, zu makellos, um sich in glaubhafte, ausdrucksstarke Falten legen zu können.

»Ein Freund hat mir mal erzählt, wie er sich das Jenseits vorstellt. Er hat eine ziemlich genaue Vorstellung davon, als ob er da jeden Tag ein und aus geht. Er meinte, man macht einfach in derselben Welt weiter, nur sehen einen die Lebenden nicht mehr. Demnach wären wir die ganze Zeit umgeben von Toten, die um uns herum ihre Ewigkeit absolvieren. Deshalb ist das Baby nicht weg, wenn es jetzt sterben sollte.«

Gudrun fühlt mit Zeigefinger und Daumen der einen Hand jede Fingerspitze der anderen Hand nach. Im hell erleuchteten Zimmer blitzt das Gold ihres Eherings auf. Ihre Hände liegen so großartig auf den Krankenhauslaken, dass ich einen Moment lang überlege, sie zu nehmen, um sie zu halten und zu küssen.

»Aber ich will, dass es hierbleibt, es soll nirgendwo herumschweben. Es soll zu einem echten Baby heranwachsen, ich will es in meinen Armen halten.«

»Was soll das schon bedeuten: ein echtes Baby. Wenn bei mir auf dem Hof ein Zicklein geboren wird, dann ist es von einer Sekunde auf die andere da, feucht und bläkend, und ich verstehe gar nix mehr. «

»Was gibt es da nicht zu verstehen? Es ist das, was schon immer überall auf der Welt passiert.«

»Ja, aber woher kommen diese neuen Wesen? Das ergibt keinen Sinn. Deshalb darfst du keine Angst haben.«

»Ach Hoit, du bist immer so nett zu mir gewesen, von Anfang an. Aber du verstehst leider gar nichts. Scheiße, dass Tankred nicht da ist.«

Damit sitzen wir wieder da, und ich merke, wie ich mich entspanne. Ich sinke gegen die harte Stuhllehne zurück und denke an den einen entscheidenden Unterschied: Ich bin ja gar nicht der Mann, ich bin nur der Bruder des Mannes. Und selbst wenn das Baby stirbt, wird es mich nie so betreffen wie Tankred.

Ich stehe auf und drücke an einigen Stellen vorsichtig den Beutel im Tropf ein. Dann verfolge ich die Kanüle bis zu Gudruns Handrücken. Es ist eigenartig, denke ich, dass sie ihr jetzt dieses Medikament einflößen. Es ist eigenartig, dass sie so kämpfen. Dabei ist das, wofür sie kämpfen, erst vor vier Monaten in einer Eizelle entstanden und hat vielleicht einfach keine Lust mehr.

II.

Jetzt ist allerhöchste Schonung angesagt, sagen die Ärzte.

Das Kind überlegt sich gerade, ob es gehen oder bleiben will. Man muss es nun in die richtige Richtung schubsen und dem Kind zeigen, dass diese Welt ein wundervoller Ort ist, an den die anderen Kinder, die nicht geboren werden, gerne kommen würden, nur dürfen sie nicht, zu dieser Party ist nicht jeder eingeladen. Einige werden sogar wieder ausgeladen.

Gudrun ist seit der Entlassung aus dem Krankenhaus bei mir. Seit zwei Wochen wohnt sie im Gästezimmer. Ich habe den Fernseher reingetragen und ihr einen Liebesroman geschenkt, in dem die Frau später Alzheimer bekommt und sich nicht erklären kann, was der alte Mann im Heim von ihr will.

Langsam verklumpen die Tage zu einer einzigen Masse. Und auch heute ist wieder so ein Tag: Ich bin um sechs Uhr aufgestanden und zu den Ziegen gegangen. Die Sonne ging langsam auf. Rötliche Schatten hielten sich an den Hügeln auf, die weich gepolstert sind vom Wald, an einigen Stellen jedoch kahl, durch den verhassten Borkenkäfer.

Katja, meine Lieblingsziege, hat wieder versucht, am Saum meiner Jacke zu kauen, darauf sah ich sie böse an, und wie immer ließ sie es dann bleiben und stolperte verunsichert zurück. Danach ging ich ins Haus, um Frühstück zu machen, Haferbrei mit Rosinen und braunem Zucker. Ich stellte zwei Schalen davon auf ein Tablett und ging zu Gudrun hoch. Sie war wundersamerweise schon wach und las in der Alzheimer-Romanze.

»Mein Gott, was ist, wenn man vergisst, wen man liebt?«

Ihre Anwesenheit in meinem Haus war schon so vertraut geworden, dass wir uns morgens nicht mehr grüßten, wenn ich ihr Zimmer betrat.

»Hoit, was ist, habe ich gefragt, wenn man vergisst, wen man liebt?«

»Ich kann mir dieses großflächige Vergessen sowieso nicht ausmalen.«

Ich stellte das Tablett auf dem Bett ab und dachte, dass ich die Wahrheit gesagt hatte. Dann, und auch das passierte jeden Tag, nahm ich mir einen Stuhl und setzte mich zu Gudrun ans Bett. Es war wieder wie im Krankenhaus.

Ich stellte meine Schale Haferbrei auf den Nachttisch und wartete, bis Gudrun aus dem Buch aufgetaucht war. Sie las konzentriert die letzten Kapitelsätze zu Ende.

»Manchmal hat sie so Durchblicke. Dann erinnert sie sich wieder, dass der fremde Typ ihr Mann ist, dass sie glücklich waren und drei Kinder haben.«

»Weißt du, der Arzt, der Alzheimer entdeckt hat, hat die erste Patientin für dümmlich gehalten. Genau so stand das in seinen Notizen über sie: dümmlich.«

»Du redest immer nur über irgendwelche Sachen, was der gesagt hat, was der gemacht hat, man kann mit dir nicht einfach so sprechen, einfach so von Seele zu Seele.«

»Du hast doch selbst mit dem Buch angefangen.«

Die Gereiztheit war in den letzten Tagen aufgekommen, ein gerade erst gepflanztes Bäumchen, das leicht wieder aus der Erde zu reißen wäre. Jederzeit könnten wir uns wieder in Schwager und Schwägerin verwandeln, die sich so unglaublich gut verstehen. Aber wie sollte man das anstellen, wenn man verschmilzt und zu etwas anderem wird und nicht mehr weiß, wo die Verwandtschaft anfängt und die Pflicht aufhört?

Nach dem Frühstück arbeite ich meistens entweder weiter bei den Ziegen oder gehe in den Keller und spiele die neuen Lieder auf dem Akkordeon oder ich fahre weg, und wir proben. Als Nächstes kommt meist das Mittagessen, heute gab es Bratkartoffeln, und wir aßen sie mit Senf. Nach dem Mittagessen schläft Gudrun. Sie schläft! Ein wenig bewundere ich das, aber größtenteils will ich sie dafür in der Luft zerfetzen.

Wir sehen uns dann wieder zum Abendessen, ich bringe Brot mit etwas Salat hinauf, und wir essen vor dem eingeschalteten Fernseher. Dann kommen die Nachrichten, und wir wundern uns über die Berge von Toten in fremden Ländern, die uns unerklärlich bleiben und nie in ihrer ganzen Schrecklichkeit bis zu uns dringen, weil wir sie nicht lassen. Weil wir das nicht zulassen können. Grundsätzlich kommentiert keiner von uns das Geschehen in der Welt. Denn dann müssten wir an Tankred denken, wo er jetzt schon wieder ist, und an Tankred zu denken zerreißt einem das Herz.

Nach den Nachrichten sehen wir weiter fern. Dafür leihe ich meistens Filme aus der letzten Videothek der

Gegend, in Tittling. Nach zwei Wochen summiert sich das, wir haben schon alles Mögliche gesehen: den alten Film, bei dem ein Gangster kleinen Kindern gestrecktes Penicillin verkauft und sie damit verkrüppelt. Keins der Kinder kriegt man je zu Gesicht. Den Film, bei dem ein Franzose so tut, als wäre er mit einer langweiligen Gärtnerin verheiratet, nur damit er in Amerika bleiben kann. Und die Komödie, bei der ein riesiger, sabbernder Hund einen ordnungsliebenden Polizisten durch die Stadt schleppt, um mit ihm Verbrechen zu lösen.

In dem Film von heute Abend, einem Streifen aus den Vierzigern, ging es um Gangster. Wir machten es uns wie üblich gemütlich, Gudrun mit einer Tasse heißer Zickenmilch, die ich ihr mit etwas Zucker warm gemacht hatte, ich mit einem Bier. So sahen wir uns an, wie ein Gangster eine neue Identität annehmen musste, weil er von einem größeren und mächtigeren Gangster gejagt wurde. Aus einem unerhörten Zufall heraus findet der Gangster auf seiner Flucht einen Psychoanalytiker, der genauso aussieht wie er. Also schüttelt der Psychoanalytiker Freud im Himmel bald persönlich die Hand, und der Gangster eignet sich die Identität des Analytikers an. Als es so weit gekommen war, im Grunde am Wendepunkt der Geschichte, nahm ich Gudrun die leere Tasse aus den Händen, denn sie war eingeschlafen. Ich vermute, sie ist müde vom Müdesein.

Ich stelle ihre Tasse auf den Nachtschrank, trinke mein Bier und sehe mir den Film weiter an, ich muss nicht einmal leiser stellen, sie wacht ohnehin nicht auf. Der Gangster lebt nun den Alltag des Analytikers. Er kommt in die Praxis, hängt den Hut an den Hutständer, begrüßt die Sekretärin und sagt zu den Patienten knappe, aber schlaue Sachen, wenn sie fertig geredet haben, denn er hat recherchiert, wie er sich benehmen soll, wann er nicken, wann er nachfragen soll. Den ganzen Tag über hört er sich die Geschichten seiner Patienten an. Sie führen ein unglückliches Leben, oder eine dröge Ehe zerrt an ihren Nerven, oder sie haben unzählige Ängste, und diese Ängste beherrschen sie, sie monologisieren und erzählen ihm all ihre Probleme, auch die kleinsten. Und er langweilt sich dabei erbärmlich! Er wünscht sich geradezu, dieser andere Gangster möge ihn endlich finden, damit er diesen Leute nicht mehr zuhören muss.

An der Stelle schalte ich den Film aus. Er hat mich bereits auf etwas gebracht. Gudrun ist mittlerweile fest eingeschlafen, sie schläft im Sitzen. Wie im Mittelalter. Wie in diesen kurzen kleinen Betten, die wirken, als wären sie für unheimliche Zwerge gemacht, die zwar klein sind, aber nicht klein genug. Ich berühre ganz leicht ihren Arm, aber sie bewegt sich nicht. Dann schiebe ich sie an beiden Schultern nach unten, und so liegt sie endlich ausgestreckt im Bett.

III.

Beim Frühstück bin ich zwar nervös, lasse mir aber nichts anmerken. Nur einmal fällt mir der Löffel runter, aber ich hebe ihn auf und esse einfach weiter. Nach dem Abwasch gehe ich ins Gästezimmer und stelle mich bedrohlich in der Tür auf. Gudrun liest in der Alzheimer-Romanze.

»Sie kann sich wieder kurz erinnern. Deswegen ist grad alles so romantisch, sie tanzen miteinander und reden über die Kinder. Aber gleich weiß sie nix mehr.«
»Gudrun, du musst dich anziehen, wir fahren jetzt weg. Abends sind wir wieder zurück.«
»Das ist ja nett, Hoit, dass du an so was denkst ...«
»Das ist kein Vorschlag, sondern wird jetzt gemacht.«
Gudrun schließt das Buch und legt ihren Zeigefinger an die Stelle, an der sie stehen geblieben ist. Der Buchrücken ist mir zugedreht, über Titel und Autorennamen haben sich Streifen gebildet.
»Du weißt doch, ich soll nichts Anstrengendes machen.«
»Wir fahren einfach nur weg, sehen uns etwas an und kommen zurück.«
»Weißt du, Hoit, du kannst mich nicht zwingen.«
»Ich mache jetzt die Tür zu und warte. Wenn ich die Tür wieder aufmache, bist du angezogen.«
»Tankred kommandiert von Beruf aus, nicht du.«
»Wenn ich die Tür wieder aufmache, bist du angezogen.«
So, wie Gudrun die Treppe runtersteigt, durch das Wohnzimmer geht, aus dem Haus und auf das Auto zu, könnte man meinen, sie sei krank. Zwanghaft stützt sie sich überall ab. Ich muss an die christlichen Märtyrer denken, deren Geschichten mir Kaplan Mandl immer wieder erzählt hat. Ich halte diese Märtyrer für Fanatiker, die sich zu schade dafür waren, die angenehme Dekadenz ihrer Landesherren zu akzeptieren und den eigenen Gott im Heimlichen anzubeten. Ist Gudrun auch eitel in ihrem Eifer? Mag sie es, sich aufzuopfern?

Als sie im Auto neben mir sitzt, bemerke ich, dass an ihrer schmalen Figur, an diesem Körper, den Tankred stets beherzt umfasst, wenn wir ihn von einem Einsatz abholen, etwas Neues aufgetaucht ist. Man muss nur wissen, wo. Es ist die leichte, wohlgeformte Wölbung an Gudruns Bauch. Einem Fremden würde es nicht auffallen.

»Wie soll es heißen?«

»Wenn es ein Mädchen wird, Marlen.«

»Und wenn es ein Junge wird?«

»Das sollte sich Tankred überlegen, das war die Abmachung.«

»Glaubst du, er hat Zeit, darüber nachzudenken, dort, wo er jetzt ist?«

»Er muss einfach. Er muss auch manchmal an sein Leben hier denken.«

Wir fahren am Asylheim Waldesreuths vorbei, einem ehemaligen Bundesgrenzschutzbau, in dem die Betten noch immer zweistöckig und aus dunkelgrün lackiertem Metall sind, bei dem die Toiletten draußen sind, weil etliches wieder einmal renoviert wird, und in dem die Kinder auf alten ausrangierten Skateboards den Hügel von ihrem Spielplatz zum Heim herunterrasen; wir fahren an den Familienhäusern entlang, die an den dicht aufeinanderfolgenden Hügeln gebaut sind. Wir fahren durch gewundene Straßen, aber auch über enge Wege, in denen sich der Wald zu einem runterbeugt und fragt, was man hier zu suchen hat. Wir fahren an Hirschgehegen vorbei und an Kuhställen. Wir sehen Fleischkühe und Milchkühe. Fleischkühe kommen mir wie freche Mädchen vor, die im Internat heimlich Zigaretten in den Pausen paffen, ohne je erwischt zu werden. Die Fleischkühe entwickeln keine Euter, sie sind dünn und flink, grasen in kleinen Gruppen und werden im Teenageralter geschlachtet. Die Milchkühe dagegen sind alte, abgekämpfte Mütter, die weder aufhören können noch dürfen.

Wir fahren an Kirchen vorbei, sogar an einer evangelischen. Wir lassen die Grundschule hinter uns, in die ich früher gegangen bin. Wenn ich an die Zeit dort zurückdenke, erinnere ich mich vor allem an den phlegmatischen Chow-Chow, der in den Pausen wie aus dem Nichts auf dem Schulhof auftauchte und von allen gestreichelt wurde. Aber er schien es nicht zu merken, er wirkte, als würde er meditieren.

Dann sind wir endlich da. Gudrun sieht mich skeptisch an, ich antworte mit einem Lächeln, einem bröckelnden, unsicheren Siegerlächeln.

IV.

»Willst du mich jetzt katholisch machen, oder was?«
»Wart halt mal ab.«

Wir stehen vor der schweren Tür und haben schon mehrmals geklingelt. Jetzt müsste sie geöffnet werden. So, wie man manchmal auf der Straße ein Kind beobachtet und sich sagt, sein Eis wird gleich auf dem Boden landen, und dann tut es das tatsächlich, so geht auch die Tür auf, und Kaplan Mandl steht vor uns, glatzköpfig, dünn und älter, jedes Mal älter, wenn ich ihn sehe.

»Da sind wir also, zwei Musiker beisammen. Und Sie müssen die Gudrun sein.«

»Grüß Gott, Herr Kaplan.«

»Jetzt werden Sie mich doch nicht die ganze Zeit Herr Kaplan nennen?«

»Nur, wenn Sie wollen.«

»So, wie ich es verstanden habe, ist das hier eine Überraschung. Sollen wir gleich anfangen oder erst nach dem Kaffee?«

In der Küche steht ein Tisch mit zwei Sitzbänken zu beiden Seiten, nirgendwo hängt ein Kreuz. Wir essen gelben Zitronenkuchen aus der Packung. Wir reden über meine Musik. Niemand streift das Thema *Tankred und seine Einsätze* oder die Sache mit dem unentschlossenen Kind. Auch sage ich nichts über die Tauben. Dann erzählt Kaplan Mandl einen Witz.

»Treffen sich ein Rockmusiker, ein Jazzmusiker und ein Kirchenmusiker. Sagt der Rockmusiker, ich hatte neulich ein Konzert, und von der Gage hab ich mir einen Porsche gekauft. Meinen die anderen: Und was hast du mit dem Rest gemacht? Er: Da war ich drei Wochen im Urlaub. Dann sagt der Jazzmusiker, dass er sich von seiner letzten Gage eine teure Uhr gekauft hat. Die anderen: Und was ist mit dem Rest? Vom Rest ist der Jazzmusiker noch eine Woche in den Urlaub gefahren. Dann kommt der Kirchenmusiker und sagt, ich hatte auch ein Konzert, und von der Gage hab ich mir diesen Pullover hier gekauft. Die anderen: Und was ist mit dem Rest? Den Rest?, meint der Kirchenmusiker, den hat Mutter dazugegeben.«

Ich lache, obwohl ich den Witz zum zweiten Mal höre, Kaplan Mandl lacht, weil es sein unübertroffener Lieblingswitz ist, und Gudrun fächert ein sattes Grinsen auf, ohne dass sich der Ausdruck ihrer Augen ändert, sie grinst, weil sie jemand ist, der gelernt hat, wie man sich zu benehmen hat, wenn man zu Gast ist.

Der Himmel draußen ist von einer kalten Herrlichkeit. Er ist blau und fast wolkenfrei, in ihm steckt noch der Rest des Winters. Auf der Terrasse nehmen wir auf weißen Gartenstühlen Platz, Kaplan Mandl stellt zwei Flaschen auf den Tisch, Mineralwasser und Apfelsaft, es bleibt jedem selbst überlassen, sich sein Getränk im eigenen Verhältnis zu mischen. Die Gläser haben einen vergoldeten Rand und sind von einer weichen runden Form, die gut in der Hand liegt.

Der Zeitpunkt scheint richtig, als Kaplan Mandl beginnt. Er erzählt, dass die Technik eine vergessene Tradition aus dem Mittelalter und von noch viel früher ist, er erzählt, dass die Technik *eine genuin katholische Sache* sei, *genuin katholisch,* er betont das, weil er stolz darauf ist, dass Luther sich in seiner Zeit lustig gemacht hat über die Katholiken, die in ihren Kirchen Tauben auffliegen ließen zur Lobpreisung Gottes. Auch Kaplan Mandl sieht Gudrun ihre große Verwirrung an, deshalb erzählt er nicht alles. Erzählt nicht, was er mir so oft erzählt hat, wie der Maoismus den chinesischen Pfeifenflug ausgerottet hat, er nun aber zurückgekehrt sei als wiedererstarktes Brauchtum und als Möglichkeit, sich über Dutzende von Kilometern zu verständigen. Kaplan Mandl erzählt auch nicht, dass es in Ägypten noch Taubentürme gibt, dass die Tauben mit ihren Chalchal-Schellen als Leuchtturm in der umstürmten matten Wüste dienten, wenn man nichts mehr erkennen konnte vor lauter Sand. Kaplan Mandl erzählt Gudrun nur das Nötigste, um das Folgende zu verstehen, er erzählt meine Lieblingsgeschichte nicht, und ich werde einen Teufel tun und Gudrun die Geschichte erzählen, bevor das Baby nicht auf der Welt oder aus der Welt ist: Die Geschichte, wie der heilige Benedikt beim Tode seiner Schwester Scholastika, einer Nonne, über ihrem Kloster, in dem Moment ihres Todes, eine weiße Taube gen Himmel auffliegen sah.

Schließlich bedeutet uns Kaplan Mandl, ihm aufs Feld hinaus zu folgen, zu den hölzernen Käfigen mit den fast zwei Dutzend leise gurrenden, braven Tauben, die dort auf uns warten. Ich stapele die Plastikstühle aufeinander und nehme sie mit. Vor uns liegt in Sichtweite der Wald. Bei dessen Anblick erinnere ich mich daran, wie ich hier draußen manchmal gesessen und vor den Bäumen wilde Kaninchen gesehen habe. Wie ihre graue Gestalt durch das Gras schoss.

»Sind es irgendwelche besonderen Tauben?«, fragt mich Gudrun.

»Altorientalische Tummler. Versuch mal, diese Rasse irgendwo zu kriegen, es wird dir nicht gelingen. Sie sind ruhig genug für die Glocken, nicht so dreist oder flatterig wie die Brieftauben.«

»Die finden aber immer nach Hause zurück.«

Es dauert seine Zeit, bis die Türen der hölzernen Käfigkisten geöffnet werden, von oben kann man schließlich die Tauben entnehmen, sie sind zahm, als hätte man sie samt und sonders per Hand aufgezogen, dabei ist die eine Taube, die Kaplan Mandl als Kind tatsächlich selbst aufgezogen hat, schon längst gestorben, weil von einem hungrigen Falken zerfleischt worden.

Ihre ausgefressene Hülle, hatte mir Kaplan Mandl einmal erzählt, sei bis heute eines der schrecklichsten Dinge gewesen, die er je gesehen habe.

Gudruns Blick verrät überhaupt nichts, ab und an versuche ich zu erraten, was sie sich von der Taubenvorstellung erwartet, aber immer wieder denke ich, dass sie sich vermutlich nur fragt, wann sie wieder ins Bett kann.

»Siehst du das blaue Ding dort draußen im Feld?«

Gudrun sieht angestrengt nach draußen und erkennt es schließlich.

»Ein Englischer Fangkasten. Die Tauben fliegen da jetzt hin.«

»Geh, Hoit, verrat gleich alles.«

Ich verneige mich vor Kaplan Mandl mit einem entschuldigenden Lächeln, und er geht weiter die Käfige ab, alle sechs, macht sie nacheinander auf, bis ihm die Tauben beide Arme bis zu den Schultern bedecken.

»Wie klingt es?«, fragt Gudrun noch schnell.

»Wie nichts, was du kennst«, sagt Kaplan Mandl, dann mit feierlicher Stimme: »Bereit?«

Und mit einer plötzlichen Kraftanstrengung wirft er beide Arme in die Höhe, bis alle Tauben auffliegen, weit auffliegen, er sie noch anfeuert, bis sie etwa zwanzig Meter hoch auffliegen, flatternd in der Luft stehen bleiben und die Chalchal-Schellen an ihren Schwanzfendern diesen Klang von sich geben, einen wilden, entfernten, aber doch bekannten Glockenklang, der sich zärtlich über den Wind legt, unterlegt vom ständigen Flügelschlagen der Tiere, die womöglich gar nicht wissen, was sie gerade für uns tun.

Da, auf einmal, steht Gudrun auf. Sie springt von ihrem Stuhl auf, wie ich es bei ihr noch nie erlebt habe, einige Schritte von uns entfernt stellt sie sich hin. Vor mir weht ihr blondes Haar, das genau genommen nicht blond, sondern wie Sirup aussieht, glänzend und weich. Sie bleibt lange stehen und sieht den Tauben zu, bis sie sich eine nach der anderen auf den Englischen Fangkasten setzen, sich dort versammeln, auch dann noch sieht sie ihnen zu.

Da weiß ich, wenn sich das Kind in Gudrun nicht einmal jetzt dafür entscheiden kann, hierzubleiben, dann gibt es nichts, womit wir ihm noch helfen können. Denn mehr als das haben wir auch nicht zu bieten.

WAS DANN PASSIERT

Vor zehn Tagen hat mir Coris Oitschmidt, Sohn eines Professorenpaars der Passauer Universität, das ein verwunschenes altes Haus in Waldesreuth bewohnt, zu seinem sechsten Geburtstag ein großes Geheimnis verraten. Seitdem stehen die Uhren still, und die Vögel haben ihre Lieder vergessen.

Es ist das erste wirkliche Problem, sowohl allgemein bei meiner Nebenbeschäftigung als auch im Besonderen mit Coris. Mit den Kindern gab es sowieso nie Schwierigkeiten. Nur einige der Mütter wollten mich für ihre Zwecke einspannen, wollten die Verführerinnen spielen, was ihnen nicht gelang. Die Väter haben kein Interesse daran, einen achtundzwanzigjährigen Mann in ihre Betten zu zerren, mehr als alles andere wünschen sie sich Ruhe. Und die kann ich ihnen verschaffen.

Noch bevor die ersten Kinder zum Geburtstag gekommen waren und während das Professorenpaar sich in der Küche gestritten hatte, weil sie den komplizierten Geburtstagskuchen mit Baiserhaube eigenhändig machen wollten, war Coris auf mich zugekommen und hatte an meinem Hemd gezupft, was er immer dann tut, wenn es etwas Wichtiges zu besprechen gibt.

Ich bereitete gerade das Esszimmer für die Geburtstagsfeier vor. Coris stand mit einer grünen Papierkrone auf seinem blonden Haar da. Ich beugte mich zu ihm hinunter und fragte, was der Ehrengast wolle.

»Jakob, weißt du, was mein Geheimnis ist? Das weiß keiner, auch wissen es Papa und Mama nicht. Ich hab nämlich ein Geheimnis. Willst du es wissen?«

»Und wie.«

»Nachts, da schläft der Roberto bei mir. Der krabbelt dann in mein Bett.«

»Wie kommt er denn in dein Zimmer?«

»Der ist dann einfach da. Das ist so sein Trick.«

»Und wie alt ist Roberto?«

»Fünfundsechzig.«

»So alt?«

»Nein, nicht so. Der ist nämlich schon einmal gestorben und hat sich dann gedacht, dass es schöner wäre, wieder zu leben. Und jetzt hängt er so rum bei all den anderen, die noch leben, aber nur ich kann mit ihm reden.«

»Und wie sieht er aus?«

»Er ist ganz grau, er ist wie Rauch, der aus dem Boden kommt, und er hat Zähne.«

»Zähne? Ich dachte, er ist ein Geist.«

»Jakob, da gibt es solche und solche. Bei Robertos Mund oder da, wo das so aussieht, gucken ganz normale gelbe Zähne raus, und wenn Roberto spricht, dann zittern die Zähne. So sieht man auch, dass er spricht. Dann hört man es nicht nur. Ist ganz gut, so was.«

Ich nickte und blickte auf das Krepppapier in meinen Händen, das ich in den Zimmerecken befestigen sollte, an den Enden war es feucht vor Schweiß. Ich wollte weitermachen, aber Coris zog noch einmal an meinem Hemd.

»Jetzt musst du mir dein Geheimnis verraten.«

Da ich keins für ihn hatte, herrscht seitdem, seit zehn Tagen, Krieg. Und zehn Tage sind für ein Kind in seinem Alter eine lange, eine ungewöhnlich lange Zeit.

Heute Nacht um drei Uhr, in der dunkelsten Stunde der Nacht, ist der Notfall eingetreten. Das Professorenpaar hat mich angerufen und mir beides versprochen, sowohl ewige Dankbarkeit als auch mehr Geld, wenn ich sofort kommen und Coris beruhigen könnte, denn er verlangte ausschließlich nach mir. Und das, natürlich wusste ich es, war meine Schuld.

Abends, sechs Stunden vor dem Notfallanruf, hatte ich Coris eines meiner Geheimnisse verraten, eines, von dem ich glaubte, es ihm in seinem Alter erzählen zu können.

Zunächst musste ich wieder die bunten Raketen auf der Bettwäsche anstarren, das Kind darunter rührte sich nicht. Seit dem Streit gab es keine Gutenachtgeschichte und keinen Gutenachtkuss mehr zwischen uns.

Als ich zur Schlafenszeit an seinem Bett saß, musste ich nur kurz warten, bis Coris wieder seinen üblichen Satz aufsagte, seine Stimme gedämpft von der Decke, unter der er sich versteckt hatte.

»Und? Was ist dein Geheimnis?«

»Heute erzähle ich es dir wirklich«, sagte ich.

Coris schälte sich sofort aus seiner Decke und setzte

sich im Bett auf. Die volle Aufmerksamkeit eines sechsjährigen Kindes war nun ein Reich, in das ich eintreten konnte. Und ich muss zugeben, ich ging in diesem Reich nicht besonders feinfühlig vor. Ich glaube, ich zertrampelte so einiges darin.

Als sich Tage zuvor die Lösung im Fall des Oitschmidt-Kindes angebahnt hatte, hatte ich in Passau in einer Vorlesung gesessen. Die Leidenschaft, die sich in mir ausbreitet wie kaltes Wasser und mich erfrischt und belebt, gilt ausschließlich meinem Mediävistik-Studium, vor dessen Abschluss ich stehe und nach dem ich schnurstracks auf die Promotion zugehen werde. Ich schreibe schon nicht mehr viel mit, ich sauge das Wissen auf und lese zu Hause dann wieder und wieder die Lehrbücher durch, ich kann nicht genug davon bekommen.

Ich saß in der obersten Reihe des Saals, und wie immer am Ende des Sommersemesters drang die Hitze durch die geöffneten Fenster in das Gebäude und blieb aufreizend in den Räumen stehen. Das kurzärmelige Hemd war unter meinen Achseln nass, die Haare klebten buttrig an meiner Stirn. Währenddessen redete der in einen Dreireiher gekleidete Professor vorne an der Tafel über das schmutzige Trinkwasser. Und dass anno 1250 jeder Alkohol reiner und gesünder gewesen sei als das Trinkwasser, das man damals kriegen konnte.

Ich stellte mir vor, wie angenehm dösig das harte Leben gewesen sein könnte, ein oder höchstens zwei Mal am Tag hätte ich etwas gegessen und dazu ein Bier getrunken oder, wie der Dreireiher-Professor sagte, mir einen Gin genehmigt, und von der Geburt bis zum

Tod hätte jedes Ereignis in meiner unmittelbaren Nähe stattgefunden, nichts wäre mir fremd gewesen. Ängste wären nur alltägliche, fast freundliche Begleiter gewesen statt seltene riesige Monster. Da bemerkte ich die Schenkel meiner Nachbarin.

An der Universität hatte ich eine wirre Woche hinter mir und dann die anstrengende Zeit mit Coris und die Hitze, die die Hemden, die ich morgens anzog, spätestens mittags doch wieder wie tote Fischhäute an meinem Körper kleben ließ. Und plötzlich waren da die milchigen, dicklichen, delligen und wunderschönen Schenkel meiner Nachbarin, und all das löste sich auf in der Lust, mir vorzustellen, was mein Gesicht wohl zwischen diesen Schenkeln machen könnte.

Ich beobachtete sie aus den Augenwinkeln. Sie schrieb ununterbrochen in ihren Block, sie trug einen sehr kurzen gelben Rock, der durch das Sitzen noch weiter nach oben gerutscht war (ich traute mich kaum, mir das Geräusch auszumalen, das ihre Schenkel machen würden, wenn sich ihre verschwitzte Haut später vom Plastik des Stuhls lösen würde), und sie trug Rouge, viel Rouge.

Nach der Vorlesung ging ich sofort nach Hause, befriedigte mich selbst und dachte danach, nackt im Bett, in einer Brise vom geöffneten Fenster liegend, über Incubi und Succubi nach. Im Mittelalter glaubte man an diese Dämonen und dass die Succubi nachts in der Gestalt von schönen Frauen zu einem kämen. Sie tauchen auf und nehmen dich mit an einen düsteren Ort, an dem Dinge geschehen, die du dir besser nicht ausmalen solltest. Eben dann passierte es: Ich wusste, welches Geheimnis ich Coris erzählen könnte.

»Musst du nachts auch manchmal aufstehen, um zur Toilette zu gehen?«

Coris nickte, er war ganz bei mir und konnte nicht fassen, dass ich ihm mein Geheimnis preisgab. Ich wusste, dieses Kind war im Grunde ein fabelhaftes Kind.

»Ich muss das nämlich manchmal auch. Und dann, wenn ich nachts zur Toilette muss, schalte ich nirgendwo Licht ein, damit ich nicht richtig aufwache und sofort wieder einschlafen kann. Also ist es ganz dunkel, und ich gehe aus meinem Schlafzimmer in das Bad.«

»Und dann pinkelst du.«

»Genau«, sagte ich. »Und dann muss ich ja wieder in mein Bett zurück. Und weißt du was?«

»Was?«

»Wenn ich zurückgehe durch mein dunkles Bad, muss ich am Spiegel vorbei, und dann sehe ich nachts nie in den Spiegel. Immer, wenn ich daran vorbeigehe, sehe ich in die andere Richtung. Ich will nicht mal Umrisse im Spiegel erkennen, ich halte mir meine Hand vor die Augen, wie die Scheuklappen bei einem Pferd. Kannst du dir das vorstellen? Ich renne fast, so sehr will ich, dass es schnell vorbei ist. Und weißt du warum?«

»Warum?«

»Weil ich Angst vor dem habe, was ich im Spiegel sehen könnte.«

Ich setze mich neben Coris auf sein Bett, vorsichtig, und lege meinen Arm um ihn. Er sieht zitternd zu mir hoch, er weint nicht, aber seine Augen sind gerötet und die Wimpern verklebt, noch vor Kurzem fand das große

Geschrei mit den Eltern statt, die natürlich nichts verstanden hatten, denn Geheimnisse verrät man nicht. Ich habe seins auch nicht verraten.

Als Erstes frage ich nach dem Offensichtlichen.

»Mama und Papa meinen, du willst zur Toilette, aber du hast zu viel Angst, ins Bad zu gehen. Sie meinen, du weinst nur. Was ist los?«

»Der Spiegel.«

Coris kann das gerade noch sagen, bevor er die Decke über seinen Kopf stülpen muss, damit ich nicht sehe, wie er weint, aber ich höre ihn schluchzen und sehe die Umrisse seines Körpers in Aufruhr.

Ich lasse meinen Blick durchs Zimmer schweifen, um die Zeit zu überbrücken, bis sich Coris beruhigt hat. In der Ecke liegen die etlichen Teile für die Holzstadt, die seine Eltern ihm zum Geburtstag geschenkt haben, dieses Spielzeug, das seine Fantasie beflügeln oder was auch immer damit machen soll. Ich weiß, er wird diese Stadt aufbauen, und es werden keine Menschen darin hausen, sondern nur seine Stofftiere und Roberto, niemand sonst wird voller Zorn über dieses Reich herrschen. Nach einer Weile ziehe ich die Decke von Coris und trage ihn aus dem Zimmer an dem taktvoll sich zurückhaltenden Professorenpaar vorbei. Ihre Gesichter bilden bislang nicht gekannte Schattierungen von Fahlheit aus, sie pendeln zu jeweils unterschiedlichen Zeiten drei Mal die Woche nach Passau, sie können Albträume nicht gebrauchen, sie wissen mit Geistern nichts anzufangen. Sie stehen nur da und hoffen auf ein schlafendes Kind.

Im Bad mache ich die Tür hinter mir zu, stelle Coris hin und schalte jede Lichtquelle ein, die ich finden kann, die Deckenleuchte, die drei runden Lämpchen über dem Spiegel, ich zünde sogar eine Kerze am Wannenrand an.

»Und jetzt?«

Coris reibt sich seine mittlerweile völlig übermüdeten Augen.

»Jetzt gehst du zur Toilette, und danach reden wir über den Rest.«

Ich drehe mich mit dem Rücken zu ihm. Lange höre ich nichts außer Schniefen, dann endlich das Geräusch des lange unterdrückten, jetzt heftig prasselnden Urinstrahls. Währenddessen umfängt mich diese angenehme Aufregung, die immer dann aufkommt, wenn man mitten in der Nacht aufsteht, um etwas Verrücktes zu tun.

Nachdem Coris gespült und sogar ohne Aufforderung die Hände gewaschen hat, gehe ich vor ihm in die Hocke, damit wir auf Augenhöhe reden können.

»Coris, im Spiegel ist nichts. Wir schalten jetzt das Licht aus und schauen gemeinsam nach.«

Coris klammert sich an mein Hosenbein. So gehen wir zu der Kerze, den Lampen, der Deckenleuchte, alles machen wir der Reihe nach wieder aus. Danach ist es zu dunkel, um etwas sehen zu können. Ich halte ihn fest und warte ab, bis sich unsere Pupillen geweitet haben.

Als es so weit ist, nehme ich Coris erneut auf meinen Arm, dieses Mal keuche ich ein wenig unter seinem Gewicht, ich bin nicht in Form und war es auch nie, in Form zu sein interessiert mich nicht. Wir stellen uns vor den Spiegel über dem Waschbecken und können uns darin erkennen. Coris versteckt sich an meinem

Hals und jammert, ich aber schaffe es, sogar das Offensichtliche zu übersehen und überzeugt zu klingen, während ich möglichst beruhigend auf ihn einrede.

»Sieh doch mal, guck hin, Coris, da ist nichts, da sind nur wir und sonst nichts.«

Zaghaft, noch unsicher, dreht sich Coris um und blickt mit mir in den Spiegel, ich spüre den Hauch seines kindlichen Atems an meinem Gesicht.

»Und, was meinst du?«

»Sind einfach nur wir«, sagt Coris. »Und Roberto. Siehst du ihn auch?«

Ich schaue genauer hin. Manche Dinge sind am Tag leichter zu erkennen und manche in der Nacht.

»Ja«, antworte ich dann.

Und meine Antwort ist die Wahrheit.

UNTER SEINESGLEICHEN

Ich bin siebenunddreißig Jahre alt, und Dehnungsstreifen unterschiedlichster Ausprägung zieren meinen Körper. Im medizinischen Fachjargon heißen sie Striae cutis distensae. Was es auf meinem Körper nicht zu finden gibt, sind Striae gravidarum, Schwangerschaftsstreifen, denn schwanger war ich nie, meine Dehnungsstreifen haben andere Gründe. Lediglich bei den Treffen der *Anonymen Cutilis* spreche ich über diese Gründe.

Wir sind eine Gruppe Gleichgesinnter. Wir von den *Anonymen Cutilis* wollen mit uns und unseren Körpern Frieden schließen, ich zum Beispiel will beschreiben können, wie schön perlmuttweiß manche Striae cutis distensae an meinen Oberschenkeln vernarbt sind.

Jeden Freitagabend treffen wir uns bei einem anderen Mitglied zu Hause. Eines dieser Treffen wurde in Lynns Apartment abgehalten, mit Fenstern so groß wie Türen, mit einer Decke so hoch wie in einer Turnhalle, ich kann mir nicht ansatzweise vorstellen, wie sie hier so eine Wohnung finden konnte. Aber Lynn kommt natürlich auch nicht von hier und sie wird nicht lange bleiben, das sehe ich voraus. Lynn ist unser neuestes Mitglied und jünger als ich. Sie hat Ansätze von Tränensäcken und rötliches, feines, schulterlanges Haar.

Vor dem Treffen versorgte ich zuerst meine zwei Wellensittiche mit frischen Körnern und wärmte mir dann Risotto vom Vortag auf. Ich habe mich unter Kontrolle und achte auf mein Gewicht, ohne zu hungern. Während ich aß, schaute ich eine Fernsehreportage über zwei Teenager, die unter ihrem Nachnamen *Fick* leiden. Sie sagten, alle würden sich über ihren Namen lustig machen, sogar die Lehrer könnten nicht ohne ein unterdrücktes schweinisches Grinsen ihre Tests zurückgeben.

Ich nahm eine Gabel Risotto, kaute und hatte plötzlich das Gefühl, tief einatmen, sofort meine Lungen füllen, meinen Körper mit Sauerstoff anreichern zu müssen. Also schluckte ich den Reis runter und atmete tief ein. Aber es war nicht so, wie ich es mir vorgestellt hatte. Etwas fehlte.

Vor allem das Mädchen beschwerte sich über die anzüglichen Witze ihrer Mitschüler, die Witze, laut denen gerade sie Bescheid wissen müsse, was sie aber in Wirklichkeit nicht tue.

Mein letztes Mal ist vier Jahre her, und er hat dabei Fotos gemacht. Immer wieder hat er stöhnend auf den Auslöser seiner Kamera gedrückt. Er schien vieles gleichzeitig machen zu können, er schien versiert zu sein in dieser Sportart.

Ich habe die Fotos nie gesehen, dabei habe ich gründlich danach gesucht. Schließlich bin ich nicht naiv, ich arbeite für eine Versicherungsfirma. Etliche Internetseiten habe ich nach mir abgesucht, stundenlang, ich bin ein disziplinierter Mensch, noch Jahre später nahm ich auf diesen Seiten ungeahnte Abzweigungen und suchte und suchte, fieberhaft, ganze Nächte lang, sodass ich müde zur Arbeit erschien. Es stellte sich heraus: Man kann nicht mehr so leicht aufhören, wenn man einmal damit angefangen hat, denn es gibt immer noch mehr zu entdecken.

Zum Beispiel fand ich eine Frau vor, die leidend aussah, während sie einen gewaltigen Orgasmus bekam und sogar ejakulierte wie ein Mann.

Eine sah aus wie fünfzehn, sie trug ein kurzes, kariertes Röckchen, und alles an ihr war blank rasiert.

Eine wirkte wie unter Drogeneinfluss und erbrach andauernd Sperma. In dem Video ging es hauptsächlich darum, wie sie sich dieses ganze Sperma angeeignet hatte. Etliche Männer waren an dieser Aneignung beteiligt gewesen.

Eine sprach nur Spanisch, während der Mann nur Englisch konnte, sie bat ihn ständig um etwas, aber er verstand einfach nicht worum. Die Sprachbarrieren, die ständigen.

Eine war Asiatin und dünn wie ein Engel, sie stöhnte auch, wie ein Engel es tun würde.

Eine hatte eine Glatze, und ihr ganzes Make-up war heillos verschmiert, Gott allein weiß warum.

Und eine war nur der unbedeutende kleine Teil einer großen Gruppe, die den Bildschirm meines Computers sprengte.

All das und noch viel mehr habe ich gesehen, mich aber habe ich nicht gefunden. Auch den Mann, mit dem ich damals geschlafen hatte, habe ich nicht wiedergesehen. Aber ich wäre bereit dazu, ihn noch mal zu treffen, vielleicht einige Worte mit ihm zu wechseln.

Dieses Selbstbewusstsein verdanke ich den *Anonymen Cutilis*.

Lynn dagegen war noch nicht so weit. Ihre Schüchternheit stellte ihr andauernd Fallen, und wir alle konnten bezeugen, wie sie sich quälte, aus diesen Fallen zu entkommen. Niemand kannte die Gründe für ihre Striae cutis distensae. Sie hatte einen jungenhaft dünnen Körper und war trotzdem nicht zufrieden damit. Aber wer ist das schon? Und wer nennt sein Kind Lynn? Ihre Eltern waren sicher Hippies. Und Hippies sagen dir nicht, dass du dich ab und zu anstrengen musst, dass du manches aushalten musst. Ich habe auch einiges ausgehalten, beispielsweise mein Studium der Betriebswirtschaftslehre mit Schwerpunkt Rechnungswesen.

Für das Gruppentreffen in Lynns Apartment hatte ich mich für mein Lieblingskleid in Azurblau entschieden. Als ich ankam, war ich einige Minuten zu früh dran. Lynn war noch dabei, Tabletts mit Häppchen auf dem Wohnzimmertisch zu arrangieren. Ihr Haar und ihr Gesicht waren schön, man konnte es nicht anders sagen, ich hätte es nicht anders sagen können, und von meinen nächtlichen Recherchen wusste ich, dass es ein sehr schmaler Grat ist, den Frauen zu überqueren haben, um mit anderen Frauen zu schlafen. Häufig ist dieser Grat nur ein Mann, der zuschaut und wartet, bis er an der Reihe ist.

»Bist du schon lange in der Gruppe?«, fragte Lynn.

»Ich habe sie mitgegründet. Und was ist mit dir? Wie viele Wochen bist du dabei, eine?«

»Zwei.«

Danach ging Lynn in die Küche und ließ mich für

eine Weile allein zurück. Obwohl es nicht meine Wohnung war, war ich stolz auf mich. Ich hatte ein gutes Leben mit Fruchtsalaten, Cocktails und Treffen mit Leuten, die einem regelmäßig sagten, wie großartig man war, vorausgesetzt, man sagte dasselbe zu ihnen. So weit hatte ich es also gebracht.

Nach und nach kamen die anderen. Der dickliche Mann, der bei seiner kranken Mutter wohnt, von der wir hoffen, dass sie bald stirbt, damit er endlich etwas anderes machen kann, als sie zu pflegen. Die von Striae gravidarum betroffene Architektin, die im Grunde alles hat, was sie sich wünscht. Die junge Lehrerin, die nach einem Aufenthalt in einem indischen Waisenhaus so viel abgenommen hat, dass nun rosa Striae cutis distensae ihr gesamtes hübsches Hinterteil überziehen wie eine getrocknete Himbeerglasur. Der dickliche Akademiker, der schielt und nur Nonsens redet. Und das Mädchen, das schneller als ihre Haut gewachsen war. Und dann noch die unbekannte Lynn. Und ich. Lauter harte Fälle. Wir übten uns in Geduld und unterstützten einander. Nach unseren Treffen sollte man in die Welt hinausgehen und trotz oder gerade wegen seiner Dehnungsstreifen an ihr teilnehmen. Wir waren es uns schuldig, wie alle anderen essen zu gehen, zu tanzen, zu lieben und sogar im Schwimmbad vom Fünfmeterturm zu springen und uns danach in der Umkleide auszuziehen für die Gemeinschaftsdusche, statt im nassen Unterteil nach Hause zu eilen und uns eine Blasenentzündung zu holen.

Nachdem Häppchen und Früchte verteilt waren und sich die Leute etwas entspannt hatten, ging es mit den Geschichten los. Als Erstes hielt die Lehrerin mit dem großen Herzen für indische Waisenkinder eine kleine und zurückhaltende Rede über die Schwierigkeit, körperliche Nähe zuzulassen. Sie deutete Sachen an. Ich dachte dabei an die Frauen, die ich während meiner Suche im Internet bei einigen Tätigkeiten, hauptsächlich dem Ausnutzen all ihrer Körperöffnungen, beobachtet hatte. An ihren Reaktionen hatte ich nicht ablesen können, ob sie mochten, was sie taten, oder ob sie es hassten. In dem Augenblick wurde mir klar, dass ich vergessen hatte, den Käfig aufzumachen. Meine Wellensittiche waren nun eingesperrt und mussten warten, bis ich wieder zurückkam und sie für ihren täglichen Ausflug freiließ.

Danach sprach der schielende Akademiker über den Zwang, sich in seinem Körper schlecht fühlen zu müssen, weil er bestimmten Normen nicht entsprach. Dass Normen überhaupt existierten, das sei das Problem. Er erzählte von Bikini-Plakaten, Joggern im Park, dem paradoxen Essverhalten der westlichen Gesellschaft, den Töchtern der Zuckerrohrarbeiter in Brasilien, die ständig an Gebärmutterentzündungen leiden, weil sich die Zuckerrohrarbeiter keine Möbel leisten können und die Mädchen auf dem kalten Boden der Hütten sitzen müssen, und wenn sie dann erwachsen sind, ohnehin nur Prostituierte oder arm werden.

Als Nächstes war Lynn an der Reihe. Angenehm satt und zufrieden sprachen wir ihr Mut zu. Obwohl es ihre erste Rede war, erzählte sie offenherzig von ihrer Vergangenheit. Die Striae cutis distensae sind über ihren gesamten Körper verteilt und das Ergebnis extremer Adipositas in Kindheit und Jugend. Lynn kommt aus Blaubeuren, wo die Familie immer noch einen schwäbischen Gasthof führt. Ihre Kindheit wurde beherrscht von Flädlesuppe, Schupfnudeln, Zwetschgenklöpfle und Apfelstrudel. Als Lynn fertig war, räusperte ich mich und sagte, was fairerweise gesagt werden musste und was vermutlich viele in der Gruppe dachten.

»Wir sind immer für dich da, Lynn, aber vergiss nicht, dass du alleine bist.«

Lynn antwortete mir lediglich mit einem seltsamen Lächeln. Es hatte etwas von Triumph. Dann hörten wir einen Knall aus dem Flur. Der Mann, der bei seiner Mutter wohnt, rannte als Erster hin und schrie. Die junge Lehrerin war umgefallen.

Sie lag bewusstlos da, verrückt schön vor Trauer, die Haut erbleicht. Ich legte Zeige- und Mittelfinger an ihre Halsschlagader und fühlte einen Puls. Als Nächstes fiel das Mädchen, das zu schnell gewachsen war. Bei einer meiner nächtlichen Internettouren hatte ich einmal einen Mann und eine Frau dabei beobachtet, wie sie sich gigantische schwarze Gegenstände gegenseitig einführten, überall. Sie hatten eine ganze Reihe davon, und die Gegenstände, die sie auswählten, wurden immer größer, und wenn man dachte, dass sie nun unmöglich noch irgendwo reinpassen könnten, wurde man eines Besseren belehrt. Daran, an die Atmosphäre aus diesem Video, kurz bevor *es* anfing, dachte ich in dem Augenblick in Lynns Apartment. Und dann, als Nächstes, fiel die Architektin. Und dann.

Im Taxi nach Hause war mir noch etwas schwindlig. Aber ich konnte nicht mehr länger warten, ich musste so schnell wie möglich zu meinen Wellensittichen zurück. Fast einen ganzen Tag lang waren sie jetzt nicht mehr gefüttert worden, und vor allem fehlte ihnen ihr Freiflug, ohne den sie auf lange Sicht dem Wahnsinn ausgeliefert waren. So siegte mein Verantwortungsgefühl über die Zusammengehörigkeit, die wir alle in Lynns Wohnung empfunden hatten, nachdem wir verwirrt aufgewacht waren, offenkundig erst Stunden später, und uns klar wurde, dass etwas geschehen war.

Lynn hatte Decken verteilt, und der dicke Mann, der bei seiner kranken Mutter wohnt, hatte heiße Schokolade gekocht. Alle überlegten, was passiert sein könnte. Wir fragten Lynn, wo sie die Getränke gekauft hatte, Lynn nannte den Supermarkt, wir nickten, was sollte man da erwidern. Wir sahen auf der Brotpackung das Haltbarkeitsdatum nach. Wir hatten Fragen, und gemeinsam suchten wir nach Antworten. Gerne wäre ich noch länger geblieben und hätte diese besondere Stimmung genossen.

Meine Wellensittiche waren fertig mit der Welt. Einen solchen Streit mussten wir noch nie durchstehen. Ich hatte Angst, den Käfig zu öffnen, und machte deshalb erst mal den Fernseher an. Auf demselben Sender, der heute Nachmittag die Reportage über die Familie *Fick* gezeigt hatte, lief nun Werbung mit zwei nackten Frauen, die man anrufen sollte, weil sie lesbisch waren. Was sollte ein einsamer männlicher Anrufer davon haben? Ich blickte in ihre geöffneten Münder. In die Augen konnte ich ihnen nicht blicken. Denn der Ausdruck darin war mir schrecklich vertraut. Doch dann hörten sie auf zu stöhnen, und es lief wieder diese Sitcom aus den Achtzigern über eine Wohngemeinschaft von vier alten Frauen. Ich persönlich mochte die naive Norwegerin schon immer am liebsten. Die Erzählungen aus ihrem Heimatdorf klangen wie Erzählungen aus dem Krieg, wobei man nicht wusste, ob die Leute glücklich darüber waren, überlebt zu haben, oder ob sie den Krieg vermissten in der Befürchtung, dass nichts in ihrem Leben je wieder so aufregend sein würde.

Als die vier Frauen in der Küche beim Teetrinken saßen und so taten, als würden sie eine Torte essen, dabei aber nur die Gabeln ableckten, fühlte ich mich dazu in der Lage, die Wellensittiche rauszulassen. Eine Hand hielt ich schützend vor mein Gesicht, mit der anderen öffnete ich den Käfig. Die Flügel der Wellensittiche schlugen gegen meine Ohren, und einige Federn sanken langsam zu Boden. Ich setzte mich auf das Sofa, um zu warten, bis sie sich wieder beruhigt hatten.

Da setzte ein Regen ein, ein Regen aus hellgrünen, weichen Klumpen Vogelkot, der auf die Couch fiel, auf den Fernseher, auf den Teppich, mein Kleid, meine Haare, auf mich. Ich verstand ihre Verzweiflung. Vollgeschissen lehnte ich mich zurück und atmete tief ein. Aber das war es wieder nicht. Dabei wollte ich doch einfach nur einmal ganz und gar einatmen, neu anfangen. Ich wollte, dass endlich etwas mit mir passierte.

ERSTE NACHT

Ich bin die Frau eines Soldaten, er ist eigentlich nie da. Immerzu kämpft er, aber er schießt nie auf Frauen und Kinder, das hat er mir mal versprochen, er sagte, es verstoße gegen sein Berufsethos. Damals, als das Unglück passierte, war er wieder in Pakistan oder Afghanistan oder sonst wo, und das Baby schlief. Nicht nur das. Es war die erste Nacht, in der das Baby durchschlief. Als ich es fütterte, schlief es beim Nuckeln an der Flasche schon halb ein, so legte ich es ins Bettchen und schaltete die Lampe aus kleinen pastellgrünen Igeln ein, die sich über seinem Kopf im Kreis drehten. Es guckte noch ein wenig den Igeln zu und schlief dann ein. Ich nahm das Babyfon in die Hand und ging. Kein einziger Ton kam aus dem Babyfon. Das war insofern unglaublich, als meine Mutter recht behalten hatte. Sie sagte, dass es mit meinem Baby wahrscheinlich genauso laufen würde wie bei mir früher. Ich hatte die ersten drei Monate jede einzelne Nacht geschrien und höchstens zwei Stunden am Stück geschlafen, und nichts hatte geholfen, gar nichts.

»Aber dann, nach drei Monaten, war es, als hättest du dich ein für alle Mal ausgeschrien«, sagte sie.

Danach war ich wohl ein Engel, ein Traumbaby und

später Traumkind, ich aß alles, lernte das mit dem Töpfchen schnell und hörte immer auf meine Eltern.

Im Flur ging sofort das bläuliche Bewegungsmelderlicht an. Tankred meinte, das sei gut, falls ich nachts aufstehen müsste für das Baby, dann würde ich nicht hinfallen in der Dunkelheit, dann bräuchte ich keine Angst zu haben, alleine in der Wohnung zu sein, wenn er wieder nicht da ist. Und er hatte recht. Nur ist Blau einfach die falsche Farbe für so ein Licht, es sieht nämlich so aus, als hätte jemand vergessen, den Fernseher auszuschalten.

Es war zehn Uhr abends, und ich stand alleine in unserem Schlafzimmer. Auf meinem Nachtkästchen standen der Wecker, das Babyfon, die Lampe, und es lag ein Buch da, in dem es um eine Liebesgeschichte an der neuenglischen Küste ging und in dem der Held auch Soldat war, davon hatte ich meinem Mann aber nichts erzählt, denn ich hatte damals die Vermutung, im Buch würde der Held sterben.

Auf dem Nachtkästchen meines Mannes stand ein Foto von uns. Der Rahmen war silbern mit kleinen Blüten, die sich um das Bild rankten. Das Foto zeigt uns bei unserer Hochzeit. Auf dem gemähten Rasen vor einem kleinen Schloss umarmen wir uns und lächeln in die Kamera. Ich trage ein weißes, schlichtes, schulterfreies Kleid, und meine Haare sind zu einer Hochsteckfrisur geformt, die Schattierung meiner Haare ist die von Ahornsirup, ein dunkles, fast schon nicht mehr als blond zu erkennendes Blond, von dem ich mir früher immer gewünscht hatte, dass es heller wäre, in der Schule hatte ich es mir deshalb heller gefärbt, aber später nicht mehr. Mein Mann trägt sein Haar sehr kurz geschoren und sieht gut und fesch aus in seiner grauen Festtagsuniform. Er umarmt mich von hinten, umfasst meine Taille, und ich neige den Kopf ein wenig, damit der kurze Schleier aus weißem Tüll ihn nicht im Gesicht kitzelt.

Ich setzte mich auf meine Bettseite und beobachtete das Babyfon, wartete, gespannt und bereit zum Sprung, aber das rote Licht ging nicht an. Ich fand, es war noch zu früh, um schlafen zu gehen, obwohl ich zu der Zeit eigentlich immer müde war. Zum Beispiel schlief ich regelmäßig auf der Toilette ein. Aber in dieser Nacht war ich aufgeregt. Ich betrachtete im Spiegel des Mahagoni-Kleiderschranks mein Gesicht. Es ist ein hübsches Gesicht, Leute haben mir das immer wieder bescheinigt, mein Schwager zum Beispiel, und selbst nach diesen drei nahezu schlaflosen Monaten konnte man noch erkennen, was die Leute gemeint haben könnten. Denn durch die Augenringe wirkte ich zwar müde, aber dafür waren meine Augen die Augen einer Frau mit etlichen Möglichkeiten, nicht einer Frau, deren Baby nebenan schläft, sondern einer Frau die die ganze Nacht vor sich hat, um alles zu tun, was sie tun will.

Ich erhob mich, tat einen kleinen Schritt in den Flur, und das Bewegungsmelderlicht ging wieder an. Ich stand ein paar Augenblicke da, im blau schimmernden Flur, und sah mich um. Da war der Spiegel mit den Blumenaufklebern, da war die Holzgarderobe, da war der Teppichläufer, ich sah in das Badezimmer hinein, da war der Schrank über der Spüle, dort gab es Aspirin. Ich glaube an Aspirin und meine Mutter auch und mein Mann auch, sie sagen beide, das ist ein Klassiker, der dir in jeder Lebenslage hilft.

Ich blickte in die Küche und versuchte, mich zu erinnern, wieso wir uns für grüne Fronten entschieden hatten, aber ich wusste es nicht mehr. Meine Friseuse hatte mir einmal erzählt, dass Grün beruhige.
»Es beruhigt deine Seele«, hatte sie gesagt.
In der Küche hingen gerahmte Fotos aus fernen Ländern, die mein Mann während seiner Einsätze gemacht hatte oder ich während unserer zwei gemeinsamen Reisen oder ich, als ich noch mit meinen Eltern in Urlaub fuhr.
Im Wohnzimmer setzte ich mich unter den Deckenfluter und schlug mein Buch auf. An die Stelle des Buchs, an der ich weiterlesen wollte, hatte ich meinen Finger gelegt, und erst jetzt merkte ich, dass er wehtat, weil ich ihn da drin so fest eingeklemmt hatte. Das Buch besaß ich schon seit vier Monaten. In den letzten Wochen vor der Geburt hatte es mir mein Schwager geschenkt, und nun war ich gerade erst bei der Hälfte angelangt. Angeblich lesen die Menschen ja sowieso immer weniger, ihr Leben und ihre Babys und das Fernsehen kommen ihnen dazwischen. In Augenblicken wie diesen ist das Wissen darum eine ziemliche Erleichterung. Und wie gesagt, ich bin die Frau eines Soldaten, das Baby fing erst nach drei Monaten an durchzuschlafen und wir konnten uns gute, schöne Sachen leisten.
Ich saß also im Sessel, das Buch auf meinem Schoß, das stumme Babyfon auf dem Couchtisch, und fing an zu lesen. Das tat ich eine ganze Weile. Viele Absätze musste ich zwei oder drei Mal durchgehen, weil ich nicht mehr daran gewöhnt war zu lesen, und weil ich mich nicht konzentrieren konnte wegen all der Dinge,

die sich in meinem Kopf drehten, die ich zu erledigen hatte. Denn die Wohnung war geputzt und schön, und das Baby roch nie lange säuerlich nach Erbrochenem oder nach voller Windel, sondern nach diesem Babyduft, und diese Sachen stellten sich nicht einfach so ein.

Als ich dann doch einige Seiten geschafft hatte, auf denen beschrieben wurde, wie die Frau des Soldaten ein feines Essen für sich und ihre Mutter vorbereitet, fing es an. Die Schreie. Sie klangen ganz überrascht. Im Sinne von: Moment mal, was ist hier los? Was passiert mit mir?

Ich machte das Licht aus und ging zum Fenster, die Fensterbank draußen war voller Pappelflusen, die in der Wohnung hatte ich am Tag zuvor abgewischt. Gegenüber auf der Straßenseite stand ein Typ auf wackeligen Beinen, der so betrunken schien, dass er gleich ohnmächtig werden würde, und ein anderer Typ hinter ihm stach auf ihn ein. Das Messer ging nicht glatt durch, es stieß immer wieder gegen etwas Hartes, aus dem es der Mörder rausziehen musste, um es in eine andere Stelle zu stecken. Es sah sehr schwer aus und verursachte all das Schreien des Mannes, der niedergestochen wurde, der sich nicht wehrte, nicht mal ansatzweise. Dann konnte er sich nicht mehr halten, er knickte langsam ein, als würden seine Beine zuerst merken, dass er gerade dabei war zu sterben. Währenddessen stach der andere immer noch auf ihn ein und ein und ein, und dann lag der Erstochene auf dem Boden, und der andere lief gemäßigt davon, als würde er joggen und es käme ihm nicht auf die Zeit an. Das war alles, so hat es sich ereignet. Ich hätte auch nichts daran ändern können. Ich denke, ich hätte es nicht verhindern können. Und es ist passiert, als mein Mann wieder nicht da war, als das Baby zum ersten Mal durchschlief, als das Babyfon schwieg, alles kam in dieser Nacht zusammen, um mich daran zu erinnern, dass ich völlig allein mit dieser Sache war.

Gegenüber brannten kaum Lichter in den Fenstern, diese Häuser waren ja teilweise noch nicht einmal fertig verputzt, die Siedlung hier ist neu, sie besteht aus aparten Eigentumswohnungen, der Mann von der Raiffeisenbank hatte *apart* dazu gesagt, und wir waren die Allerersten, die eingezogen sind.

Ich setzte mich auf unsere Couch und strich über das Leder. Es war glatt und kalt, und früher einmal war es die Haut eines echten Lebewesens gewesen, die die Knochen und das Fleisch von der Außenwelt abgeschirmt hatte, und Haare waren auf dieser Haut gewachsen. Das stellte sich als ein sehr verwirrender und beunruhigender Gedanke für mich heraus. Was wäre, wenn man diese Haut so gelassen hätte, wie sie gewesen war? Dann würde jetzt meine Haut brennen, weil ich immer wieder über diese Stoppelhaare streichen würde. Immer wieder.

Diesen Sommer spielten die Pappelflusen verrückt. Als dreckige Watte lagen sie überall auf den Straßen, und schon der schwächste Wind wirbelte sie auf. Alles war voll davon, aber ich dachte, ich könnte das von meinen Hausschuhen abklopfen, wenn ich wieder zurück bin.

An unserem Schlüsselbund baumelte ein Anhänger mit einem Messing-G für meinen Namen und einem Messing-T für den Namen meines Mannes. Wir hatten überlegt, uns noch ein Messing-M für den Namen des

Babys zuzulegen, aber dann dachten wir, das Baby versteht es sowieso nicht und ist ohnehin noch zu klein, und vielleicht später mal. Ich sperrte die Wohnung zu und rüttelte zur Sicherheit an der Klinke, denn in dieser Wohnung war alles. Ja, alles, was wir hatten, das Baby, das Babyfon, Familienfotos, mein Ehering und das Buch, das ich nach vier Monaten noch nicht fertig gelesen hatte.

Im Hausflur war es so still, als ob alle paar Minuten ein gewissenhafter Bibliothekar durch die Stockwerke ginge und alle ermahnte, leise zu sein.

Ich hatte schon lange nicht mehr richtig die Wohnung verlassen, nur manchmal war ich einkaufen oder mit dem Baby im Park spazieren, dann schlief es meistens, weil es das liebte, wenn es laut und warm war. Draußen war nichts zu hören, keine Vögel, keine Heuschrecken, keine Kirchenglocken aus Waldesreuth, nichts. Die Straße zwischen mir und dem getöteten Mann war eng, die Autos konnten hier nur in eine Richtung fahren. Ich sah ihn da liegen, in so einer unnatürlichen Stellung, in der kein Mensch jemals einschlafen würde, zusammengestülpt und die Arme verdreht und den Kopf auf dem kalten Asphalt. Am Rand der Blutlache machte ich halt. Das Blut sah nicht wie Blut aus, sondern wie eine dunkle Flüssigkeit aus dem Bauch der Nacht. Und sie schien sich zu bewegen. Einige Pappelflusen blieben darin kleben und kamen nicht mehr von der Stelle, während andere so leicht waren, dass sie sich mehrmals überschlugen, bevor sie sich mit dem Blut vollgesogen hatten und endgültig darin gefangen waren.

Ich hatte davon gehört, dass man Menschen einen

Spiegel an Nase und Mund halten kann, um zu sehen, ob sie fast tot oder schon ganz tot waren, und mein Mann hatte mir viel über Erste Hilfe beigebracht, aber ich fühlte, dass mein Wissen hier nichts nützen würde. Denn hier lag der Tod. Ich beugte mich weder zu ihm hinab noch berührte ich ihn, wegen der Beweise, die ich hätte zerstören können. Ich schaute nach links und rechts, da war niemand, obwohl ich die ganze Zeit dachte, dass der Mörder zurückkommen könnte, aber andererseits, vielleicht ist das wie mit den Blitzen: Immer ist es dort am sichersten, wo gerade einer eingeschlagen hat.

Nachdem ich den zusammengekrümmten Mann, der sehr schlecht gekleidet war, und die schwarze Flüssigkeit, die aus ihm floss, mit eigenen Augen gesehen hatte, ging ich wieder zurück. In der Wohnung war es dunkel, nur das blaue Bewegungsmelderlicht schaltete sich wieder ein, wie um sich über mich lustig zu machen. Ich nahm das Babyfon in die Hand und wartete lange, aber es blieb still, kein rotes Lämpchen, kein Geschrei, nicht einmal das übliche Gemurmel. Das Baby schlief einfach die ganze Nacht durch. Ich las ein wenig im Buch weiter, und meine Vermutung, dass der Held darin, der Soldat, sterben würde, schien sich zu bestätigen. Das ist eben Berufsrisiko, würde mein Mann dazu sagen.

Am nächsten Morgen waren Polizeiautos an der Stelle, wo ich den Mann und das Blut gesehen hatte, beides war nicht mehr da, und es wurde gesagt: Ein Mord ist geschehen. Ein Alkoholiker, ein armer Mann aus Waldesreuth, den niemand kannte, den alle immer nur gesehen hatten, wie er sich in den Supermärkten Korn besorgte, ist erstochen worden. Die Polizei ist für Hinweise dankbar. Das war aber eine Untertreibung, die Polizei suchte sich ihre Hinweise selbst, und ein junger Beamter mit bewundernswert dichtem schwarzem Haar, den ich von seinen Streifen am Volksfest kannte, stand in meiner Tür und befragte mich, was ich gesehen oder gehört hatte. Es stellte sich heraus, dass ich nichts gesehen oder gehört hatte, schließlich bin ich eine junge Mutter, die wie ein Stein ins Bett fällt, wenn ihr Baby mal ruhig ist.

In den nächsten Wochen und Monaten schlief das Baby jede Nacht durch, genau wie meine Mutter es vorausgesagt hatte. Es quälte nachts niemanden mehr, sondern blieb ruhig und nuckelte teilnahmslos an seiner Flasche. Ich las das Buch zu Ende. Mein Mann kam zurück. Bald darauf musste er wieder los. Ich verfolgte die Mordermittlungen im *Waldesreuther Anzeiger*, obwohl ich eigentlich keine Zeitung lese. Aber in diesen Wochen holte ich mir, wenn ich mit dem Baby im Kurpark spazieren ging, in der Post bei einem dunkelhäutigen schweigenden Mann die Zeitung und las sie im Park auf der Bank, während das Baby es zu genießen schien, dass es so laut war und so warm. Danach ließ ich die Zeitung meistens auf der Bank liegen. Dann entfernte ich die Pappelflusen vom Kinderwagen und ging wieder heim.

Die Angelegenheit in unserer Straße war nur der Anfang gewesen, der Mörder erstach noch zwei weitere Männer. Es geschah immer recht schnell und immer nachts. Irgendwann wurde er gefasst. Als er gefasst wurde und sein Bild durch die Zeitungen ging, musste ich feststellen: So, wie ich ihn aus dem Fenster gesehen hatte, hatte ich ihn mir ganz anders vorgestellt. Nun studierte ich sein Gesicht in der Zeitung, um es mir einzuprägen.

Jetzt ist das Baby schon ein Kind, und immer fragt es etwas. Wieso ist der Himmel blau? Wo ist Papa? Wieso hast du dunkles Haar und ich helles? Was passiert mit Leuten, wenn sie sterben? Wieso sterben Leute überhaupt? Ich kann ihr nicht immer antworten, so ist das halt. Ich bin die Frau eines Soldaten, er ist eigentlich nie da. Ich weiß auch nicht alles.

DAS LEBEN IN DIESEN TAGEN

Es gibt einige Dinge, die mit dem Altersheim *Am Goldenen Eck* nicht stimmen. Es sind aber nicht die Pfleger, denn die sind beispielsweise freundlich und geben sich Mühe. Und auch bei der Einrichtung herrscht keine Krankenhaus-Tristesse, denn die Leute können ihre eigene Habe mitbringen, wenn sie einziehen. Aber das ist ja nicht alles, worauf es ankommt.

Da ist zum Beispiel die unnatürliche Dehnbarkeit des menschlichen Lebens, auf die man im *Goldenen Eck* ständig hingewiesen wird. Wenn ich zu Oma Preidl durch den Gang trotte, mit Nelken oder Traube-Nuss-Schokolade in der Hand, sehe ich Anwohner, die Windeln tragen, aus einer gelblichen Mischung von Haut und Knochen bestehen, niemanden mehr erkennen, aber trotzdem weiterleben. Ich will damit nicht sagen, dass sie unglücklich sein müssen, wahrscheinlich sind sie immer noch glücklicher als ich, aber ich frage mich, wer diese Menschen sind, wer sie mal waren.

Die zweite Sache ist das sogenannte Brötchen-Elend. Oma Preidl macht dafür *die Dreistigkeit des Weghörens* verantwortlich. Das Ganze spielt sich beim Frühstück ab, in dem großen, von riesigen Fenstern erhellten Speisesaal im Erdgeschoss. Dort sitze ich manchmal mit ihr, wenn es eine Veranstaltung gibt, wenn zum Beispiel jemand Talentiertes aus dem Waldesreuther Gymnasium kommt und singt, oder wenn ein Schafskopfturnier für die Bewohner und ihre Verwandten ausgerichtet wird. Vor allem aber nehmen die Anwohner hier all ihre Mahlzeiten zu sich, jedoch nur beim Frühstück streiten sie sich. Denn beim Frühstück bildet ein riesiger Weidenkorb voller Brot den Mittelpunkt des Buffets. Keiner der alten Leute mag die Weißbrotsemmeln, alle wollen nur Vollkorn oder Kürbiskern. Aber seit Jahren kommen auf jede Vollkornsemmel acht weiße Semmeln. Man muss sich geradezu prügeln um seine Vollkornsemmel. Und obwohl Oma Preidl noch eine der Schnelleren ist, erwischt sie lediglich alle drei Wochen mal Vollkorn.

Das große Hauptärgernis im *Goldenen Eck* ist aber meiner Meinung nach eine kleine Instruktionstafel in den Kabinen der Besucherherrentoilette. Ich frage mich schon seit einer Weile, ob auch in den Frauentoiletten diese Tafel hängt.

Sie ist aus laminiertem Karton, mit bunten Zeichnungen. Im Inneren der Kabinen – in jeder Kabine, ich habe es überprüft – hängt sie an der Tür, der Titel lautet *Toilettenbürstenbenutzungsanweisung*. Darauf ist in Comicmanier ein pummeliger Mann abgebildet, mir ähnlich, der kontemplativ vor einer Toilette steht, die Situation wiederholt sich vier Mal. Unter dem ersten Bild steht *ganz falsch*, da steckt er die Toilettenbürste in seinen Mund. Als Nächstes kommt *falsch*, dabei kämmt er sich mit der Bürste seine strubbeligen schwarzen Haare. Die dritte Abbildung mit dem Titel *fast richtig* ist die einzige, auf der er keine Hosen trägt, denn hier versucht er, mit der Bürste seinen Hintern zu säubern. Und endlich, auf der letzten Abbildung mit der Überschrift *richtig*, putzt er die Toilette mit der Bürste.

Ich bekomme eine Anwandlung von Ekel und Überdruss, ganz allgemein einen Überdruss dem Leben gegenüber, wenn ich nur an ihn denke. Ich stelle mir einfach zu genau vor, wie er versucht, die Toilettenbürste in seinen Mund zu stecken, und bekomme dieses Bild dann nicht mehr aus meinem Kopf. In der Vergangenheit ging es schon so weit, dass ich mir mehrere Stunden vor dem Besuch alle Getränke verbot und eine Zeit lang keinen Kaffee mit Oma Preidl trank. Irgendwann sah ich ein, dass es zwecklos war, und versuchte daher, der Sache auf buddhistische Art Herr zu werden, sie einfach zu akzeptieren.

Letzte Woche ging ich nach einer längeren Erkältungspause wieder ins Altersheim. Oma Preidl war gut drauf. Wie immer eigentlich. Sie saß auf ihrem dunkelvioletten Sessel, ich saß ihr auf einem Stuhl gegenüber, der unter meinem Gewicht knarrte. Ihre Haare waren nicht wie die der anderen alten Frauen dauergewellt und kurz, sondern ordentlich in einer glatten, kinnlangen Frisur um ihr schmales Gesicht gelegt. Sie hat mir mal erzählt, dass sie für ihre Haare ein Silberglanz-Shampoo benutzt. Sie sagte, *grau ist nicht gleich grau, es gibt fahles Grau, und es gibt glänzendes Ich-bin-stolz-auf-mein-stolzes-Alter-Grau.* Oma Preidl war in diesem Jahr einundneunzig geworden.

»Die Leute reden über Gene und solche Sachen, aber es läuft nur drauf hinaus, dass man sich nicht überfrisst und nach einem schweren Essen einen Bärwurz für die Verdauung trinkt.«

»Wieso machen sich die Wissenschaftler dann überhaupt noch die Mühe zu forschen?«

Dann nahm jeder von uns etwas von der Schokolade. Ich nahm immer ein kleineres Stückchen, als ich es ehrlicherweise gewollt hätte, denn Oma Preidl sagte es zwar nie auf direkte Art, aber sie hatte viele Möglichkeiten auszudrücken, dass ich bei meinem Gewicht besser keine Schokolade essen sollte. Zum einen konnte sie mich mit diesem Blick strafen, diesem mitleidvollen Blick. Zum anderen war sie eine Meisterin der Fragen, die in Wirklichkeit etwas anderes aussagten.

»Wie geht es mit diesen Leuten von dir voran, Herbert?«

»Meinst du die *Anonymen Cutilis?*«

»Bist du noch bei einer anderen Gruppe?«

»Nein, ich meine, ja. Gut geht es voran. Das nächste Treffen ist bei mir, kommenden Freitag. Dann erfahren sie auch das mit du weißt schon.«

»Wieso kann ich es eher annehmen, dass meine Tochter gestorben ist, als du, dass deine Mutter gestorben ist?«

Der Tod ihrer Tochter, meiner Mutter, war äußerlich gesehen zwei Monate her, doch seit sechs Jahren schon war sie bettlägerig und grimmig gewesen. Ich hatte sie die sechs Jahre rund um die Uhr gepflegt und nun seit ihrem Tod die Tage über so wahnsinnig viel Zeit, dass ich nicht wusste, was ich damit anfangen sollte.

Natürlich gäbe es da ein paar naheliegende Möglichkeiten, so könnte ich zum Beispiel abnehmen, oder ich könnte mich um einen neuen Haarschnitt kümmern, einen, der kaschiert, dass mein Haar immer dünner wird, ich könnte auch jemanden kennenlernen, zumindest theoretisch. Selbst wenn Oma Preidl bei mir einzöge, wäre das noch möglich. Denn Oma Preidl ist unnatürlich fit, nur gehen kann sie nicht mehr über lange Strecken.

Am übernächsten Tag besuchte ich wieder das *Goldene Eck* und wollte Oma Preidl dieses Mal das Angebot machen, bei mir einzuziehen. Aber als ich in ihr Zimmer trat, saß sie dort mit ihrem Lieblingspfleger Thom und spielte Domino. Sie spielten stets in einer großen, auf das Gewinnen ausgerichteten freundlichen Konzentration.

»Der Herbert! Servus.«

Als sich Thom zu mir umgedreht hatte, sah ich, dass sein Gesicht irgendwie schief war. Seine Züge waren nicht bizarr entstellt, aber es war an vielen Stellen vernarbt.

»Na ... Thom ... Bist du am Gewinnen oder am Verlieren?«

»Gerade verliere ich, aber dafür hab ich die Frau Preidl schon zwei Mal heute geschlagen. Aber so was von. Oder, Frau Preidl?«

»Thom lügt, ich wollte den Bub nur gewinnen lassen.«

So ging das noch eine Weile weiter, ich stand bei der Tür und überlegte, ob ich hier der Einzige war, der sich fragte, was zum Teufel mit Thoms Gesicht passiert war.

Nachdem er gegangen war, setzte ich mich auf seinen Platz, der noch warm und damit ekelerregend war, und half Oma Preidl, die Dominosteine zusammenzusammeln.

»Das Unglück kann jeden treffen. Thom war monatelang weg, weil, stell dir das vor, Herbert, ihm ist ein Fußballtor aufs Gesicht gefallen.«

»Wie sah er danach aus?«

»Er meinte, das Gesicht war weg. Aber man hat alles wieder zusammengeschustert, es wird ja auch noch besser mit der Zeit. Eigentlich ist er ein hübscher junger Mann. Was ist mit dir und den Frauen?«

»Es gibt keine Frauen.«

»Auch nicht eine? Eine würde ja schon reichen.«

Sie legte die aufgereihten Dominosteinen in den Kasten zurück und blickte mich skeptisch an, zwar liebevoll skeptisch, aber trotzdem: Sie fragte sich, was ich mit meinem Leben anfangen wollte. Eine berechtigte Frage.

Als ich das nächste Mal hinging, nahte schon der Freitag, an dem ich meine Fähigkeiten als Gastgeber für die *Anonymen Cutilis* unter Beweis stellen sollte. Oma Preidl gab mir Ratschläge, was ich servieren sollte, Krapfen oder mit Mayonnaise gefüllte Eier, diese Dinge, von denen ich vor der Gruppe nicht zugeben konnte, dass ich sie noch gerne aß.

»Aber ich verstehe das nicht. Jeder hat doch Orangenhaut und Dehnungsstreifen, das ist doch die übliche Ausstattung, mit der man durchs Leben geht.«

»Ja, wahrscheinlich, aber …«

Und dann begann ich wieder mal mit den Erklärungen, die sie sich geduldig, aber verständnislos anhörte. Der Unterschied zu den vielen vorhergehenden Malen war, dass sie danach etwas Eigenartiges sagte.

»Manchmal, wenn ich spazieren gehe, denke ich, es hat sich nichts verändert. Als lebte ich nicht im Jetzt.«

»Wie meinst du das, Oma?«

»Dass ich nicht im Heute lebe, sondern dass es grad 1938 ist, und in Waldesreuth hängen Fahnen, und ich weiß nicht, was zu tun ist, und gehe allein in das Kino, und dort zeigen sie Schwarz-Weiß-Filme. In diesen Filmen, die ich so geliebt habe, sind die Frauen entweder schön oder verheiratet.«

»Ich glaube, ich verstehe nicht.«

»Was gibt es da nicht zu verstehen, Herbert? Wenn ich sehe, wie Rauch aus den Schornsteinen kommt, denke ich, das ist wie früher. Früher kam auch Rauch aus den Schornsteinen. Nur ich habe mich verändert. Wann habe ich mich verändert?«

In den nächsten Tagen putzte ich das Haus, ließ die letzten Krankensachen, den Rollstuhl und ein Schiebetischchen, aus dem Zimmer meiner Mutter bringen, kaufte ein, suchte die letzte gute Hose aus meinem Kleiderschrank raus. Aber jedes Mal, wenn ich im Erdgeschoss zur Toilette ging, schwiegen sich dort die weißen klobigen Henkel der behindertengerechten Dusche über die letzten Jahre aus und über die kommenden Jahre mit Oma Preidl und vielleicht, am Ende, über mein Leben.

Zum Goldenen Eck fuhr ich erst wieder am Vormittag des Freitags, an dem die *Anonymen Cutilis* kommen sollten. Ich hatte die gute Hose angezogen und dachte, Oma Preidl würde das kommentieren, so, wie sie immer *Fragen der Schicklichkeit* kommentierte, vor allem bei mir, da sie fand, ich achte nicht genug auf mich.

Das muss schon was heißen, wenn ich dir das, einem Mann, sage.

Sie meint damit, ein Mann müsste ohnehin nicht so viel für seine Präsentabilität tun, und wenn ich selbst dieses bisschen nicht hinkriegte, dann sei mir kaum noch zu helfen.

An diesem Vormittag besuchte ich in den einwandfrei geschnittenen schwarzen Hosen und einem weißen Hemd Oma Preidl, aber sie sagte nichts dazu. Stattdessen saß sie mit einem Rosenkranz in den Händen in ihrem Samtsessel. Das mit dem Rosenkranz hatte ich erst auf den zweiten Blick bemerkt. Oder es einfach nicht geglaubt, denn dieser Rosenkranz aus Elfenbein war über achtzig Jahre alt, er war Oma Preidls Geschenk zur Erstkommunion gewesen. Sie nahm ihn ungefähr so oft aus seiner geschnitzten Schachtel mit roter Einlage heraus wie ich den meinen, nämlich nie.

»Hab ich dir schon das von deiner Mutter erzählt?«

»Was genau?«

»Wie es dazu kam, dass sie geboren wurde, was sonst?«

Oma Preidl war richtiggehend gereizt, was ich noch nie erlebt hatte. Ich sagte nichts mehr, sondern setzte mich. Sie drückte den Rosenkranz in ihren Händen hin und her, befühlte die Perlen.

»Ich war fast vierzig, als ich Gesine bekommen habe. Gesine war das achte Kind.«

»Sie hat mir immer erzählt, sie sei Einzelkind.«

»Ich habe es ihr nie gesagt, und ihr Vater war nicht mehr am Leben, als sie alt genug war, um es von ihm zu hören. Ich erzähle es dir dafür.«

Und dann erzählte sie, auf eine verwirrende, aber doch zielstrebige Art, dabei immer am Rosenkranz fummelnd. Einmal sagte sie denselben Satz zweimal hintereinander, der Satz lautete: *Dabei wollte ich doch wenigstens eins haben.*

Ein Jahrzehnt lang hatte Oma Preidls Leben aus der immer gleichen Abfolge von Ereignissen bestanden, insgesamt wiederholten sich diese Ereignisse sieben Mal: Sie wurde schwanger, dann kam die Geburt, das süße Baby gab allen Grund zur Freude, und nach allerhöchstens einer Woche starb es. Dafür gab es keine Erklärung, das Baby war nicht krank. Der tote Körper wurde in einem winzigen weißen Sarg beerdigt. Dann wartete Oma Preidl einige Monate oder, wenn es nicht hinkam, Wochen ab, wurde wieder schwanger, bekam ein weiteres Baby, das völlig gesund schien und auch das starb nach wenigen Tagen.

»Ich dachte schon, es sei ein Fluch, obwohl ich nicht an Flüche glaube.«

Als das siebte Baby gestorben war, was niemanden mehr überraschte, ging Oma Preidl einige Monate nach Geburt und Beisetzung an einem sehr heißen Sommertag abends in Richtung Schlag spazieren. Ganz allein überquerte sie einen Hügel nach dem anderen, manchmal lüftete sie ihren Rock, um sich abzukühlen. Ihr Leben schien ihr grundsätzlich falsch.

»Wenn man das jemandem mit den sieben toten Kindern erzählt hat, hatten sie alle Mitleid, aber sie sahen mich doch so an, als wäre etwas Schlimmes mit mir, als sei ich schuld, dass die Kinder immer krank rauskamen.«

Da setzte sie sich auf die nächste Bank, die sie sah, und beobachtete die Natur, die ziemlich gleichgültig jedem Leid gegenüber vor ihr lag. Die Bank stand vor einem Feld, an einem Gehweg, neben einer einzelnen jungen Birke, und auf einmal, als wäre hinter der Birke eine Tür, die sich öffnete, erschien dort eine Frauenfigur in gleißendem Licht.

»Die Jungfrau Maria, Mutter Gottes.«
»Und wie sah sie aus?«
»Man konnte sie kaum ausmachen, so hell war das Licht.«
»War sie hübsch?«
»Halt's Maul, Herbert.«
Oma Preidl war auf einen Punkt hinter mir fixiert, und ich fühlte Mitleid und dachte, dass ich ihr schon eher hätte sagen sollen, dass sie zu mir ziehen könne.
»Dann ... sprach sie zu mir.«
»Sie konnte Bayerisch?«
»Jeder weiß doch, Herbert, dass in dem Moment, in dem man stirbt und in den Himmel kommt, man alle Sprachen sprechen kann und alle Sprachen versteht. Auch die Säuglinge können dann reden, obwohl sie auf der Erde nicht alt genug geworden sind, um es zu lernen.«
»Was hat sie zu dir gesagt?«
Wie sich herausstellte, zählte die Mutter Gottes alle sieben Kinder von Oma Preidl auf, die geboren und kurz darauf gestorben waren. Es blieb unklar, ob sie die Kinder beim Namen kannte, denn natürlich hatten sie Namen und außer dem ersten waren sie alle getauft, wobei das erste bei der letzten Ölung eine Art nachträgliches, verkürztes Taufritual erhalten hatte.
»›Sieben Kinder habe ich dir weggenommen, sagte sie, aber das jetzige, das kommt, dieses eine nehme ich dir nicht weg.‹«
»Hast du sie gefragt, wieso sie dir die anderen weggenommen hat?«
»Sie wird schon ihre Gründe gehabt haben. Zu der Zeit wusste ich noch nicht, dass ich schwanger war.

Das wurde erst zwei Wochen später offensichtlich, und ich hatte keine Angst mehr. Gesine wurde geboren. Wir ließen sie nicht einmal gleich in den ersten Tagen taufen wie die anderen. Mein Mann konnte das nicht verstehen, denn ich habe ihm nichts erzählt. Dass ich Gesine erst später taufen ließ, damit wollte ich die Mutter Gottes herausfordern. Nach vier Jahren starb mein Mann plötzlich wegen etwas in seinem Kopf. Gesine blieb. Bis vor Kurzem.«

»Und so ist das also passiert?«

»So ist das passiert. Deswegen habe ich Gesines Tod besser verkraftet als du. Weil sie schon genug Glück gehabt hat, überhaupt auf der Welt zu sein.«

Ich sagte ihr, ich würde gleich wiederkommen. Als ich die Tür hinter mir geschlossen hatte, atmete ich tief ein. Im Flur gingen Pfleger mit ihren hellen Turnschuhen an mir vorbei, auch Thom. Er trug einen Stapel gestärkte Bettwäsche vor sich her wie ein Diener des Königs das Kissen mit der Krone, er lächelte mir zu und grüßte mich. Ich fragte mich, ob Oma Preidl allein deshalb hier wohnen bleiben sollte, damit ich verfolgen könnte, wie Thoms Gesicht langsam wieder in seinen Normalzustand zurückkehrte, es war irgendwie ein so beruhigender Gedanke, dass etwas Derartiges heilen konnte.

Ein alter glatzköpfiger Mann schob sich langsam und bewundernswert beharrlich in seinem Rollstuhl vorwärts. Ich fragte, ob ich helfen könne, und er antwortete nur freundlich, aber leicht entnervt:

»Sie wissen ja gar nicht, wo ich hinwill.«

Auf der Toilette wusch ich meine Hände mit kaltem Wasser, ohnehin dem einzigen, das es in der Besuchertoilette gab, und hielt danach ein paar Augenblicke lang die kühlen Zeige- und Mittelfinger gegen meine geschlossenen Lider. Ich konnte es nicht glauben. Auf den wachen kritischen Verstand von Oma Preidl hatte man sich bisher immer verlassen können. Leute sagten regelmäßig Sätze wie: *Aber geistig, da ist sie noch topfit.*

Als ihr mit einundsiebzig ein Brustkrebstumor entfernt wurde und sie sich aufgrund der Chemotherapie über Tage hinweg übergab, telefonierte ich mit den herablassend mitleidvollen Stimmen der Verwandten und sagte: *Aber geistig ist sie auf der Höhe, oh ja.*

Als sie zu ihrem fünfundachtzigsten Geburtstag der Waldesreuther Bürgermeister besuchte, sagte er mir auf der Türschwelle, nachdem wir uns zum Abschied die Hand geschüttelt hatten und während ich die Farben der Streifen auf seiner Krawatte zählte, vier übrigens: *Aber im Kopf, da ist Ihre Oma um Jahrzehnte jünger, nicht wahr? Jahrzehnte!*

Die Beine waren schlimmer geworden, ihr Lieblingspfleger Thom war eine ganze Weile nicht da gewesen, und ihr hatte sein schonungsloses Dominospiel gefehlt, meine Mutter war gestorben, diese Dinge waren geschehen, aber im Kopf war sie klar geblieben.

Ich öffnete meine Augen, sah in den Spiegel und konnte nicht glauben, dass es von nun an anders werden könnte.

Auf meinen Wangen tauchten wieder diese roten Flecken auf, die ich in nervösen, stressbehafteten Zeiten bekam. Außerdem schwitzte ich übermäßig. Der Geruch dieses ängstlichen Sorgenschweißes unterschied sich grundsätzlich vom täglichen Schweiß, denn er war aufdringlich, und durch kein Deo war ihm beizukommen, schließlich hörte die Angst auch nicht auf, immer wieder durch meine Poren zu sickern.

In der Kabine konnte ich nicht anders, als auf die Instruktionstafel vor mir zu blicken. Der ahnungslose Mann darauf, der sein Leben lang scheinbar außerhalb jeder Zivilisation gelebt hatte und deshalb nicht wusste, wie man eine Klobürste benutzte, hatte solche Probleme nicht. Er war nur mit dem Geschmack und Geruch von Kot beschäftigt. Er war auf die niederen Dinge abgerichtet, aber vielleicht fehlte ihm deshalb nicht viel zum Nirwana.

Schließlich ging ich wieder ins Zimmer zurück, Oma Preidl ordnete gerade den Rosenkranz in seinem Kästchen an und gab mir daraufhin dieses Kästchen. Natürlich sagte ich, ich könnte es nicht annehmen, musste es dann aber doch einstecken. Zu Hause legte ich es in die zweitunterste Kommodenschublade im Krankenzimmer meiner Mutter. Ich legte es hinter die Goldbrosche meiner Mutter, die einen braunroten großäugigen Fuchs darstellt, bei dem die Augen aus Zirkoniensteinen sind; neben das Opernglas meiner Tante, mit Silbereinfassungen; und neben eine antiquarische Ausgabe von *Kabale und Liebe,* die meinem Großvater gehört und die ich bis heute nicht gelesen hatte.

All diese Menschen, die gestorben waren und die mir in einer großkotzigen Geste ein kleines Vermächtnis hinterließen, weil sie es nicht aushalten konnten, ohne die Versicherung zu gehen, dass etwas von ihnen bleiben würde. Ich hatte es satt. Ich wollte keine Erinnerungsstücke mehr aufbewahren, ich wollte diese Schublade nicht mehr öffnen müssen.

Abends kamen die Mitglieder der *Anonymen Cutilis*. Nur Lynn nicht. Sie war aufgrund eines Verdachts aus der Gruppe ausgeschlossen worden.

Die anderen waren alle da, der unausstehliche Akademiker, die glückliche, aber ängstliche Architektin, das Missionarsmädchen, das eigentlich nicht missionierte, sondern nur die Illusion gehabt hatte, in einem indischen Waisenhaus gebraucht zu werden, das Teenagermädchen mit ihren unberechenbaren Wachstumsschüben und die Versicherungsfrau, Sara. Sie war Ende dreißig und dünn, schon an der Grenze zu dürr, sie wurde über die Jahre zusehends dünner. Ich hatte mir nie vorstellen können, was sie in der Gruppe zu suchen hatte. Aber ich konnte sie ja auch schlecht ausziehen und nachsehen, an welchen Stellen ihre Haut zerrissen und wieder vernarbt war.

Wir aßen Salat, tranken den obligatorischen Sekt, und die Architektin erzählte von der Zeit, als sie schwanger gewesen war mit ihrer zweiten Tochter, wie sie sich in einem Taumel befunden hatte ob der Schönheit ihres Körpers, der diesmal nicht ausgeschert war, keine einzige violett-rote Streifung produziert hatte, sondern bis zum Schluss rundlich und ordentlich geblieben war. Als das Baby kam, stand sie in einem Kreißsaal auf allen vieren, die Hebamme half ihr, und es kam einfach so raus, langsam und gleichmäßig, ohne Risse. Es war ein lebhaftes Kindchen, das schon auf dem Weg nach draußen schrie, es ging ihr gar nicht schnell genug. Danach, sagte die Architektin, wollte sie das Glück nicht noch mal herausfordern, und jetzt hatte sie zwei Töchter, beide mit derselben unglaublichen Haarfarbe. Sie reichte ein Foto herum von ihrem letzten Urlaub, in der

Sonne glänzten die Köpfe der Töchter wie weiches schottisches Whisky-Fudge.

Wir aßen weiter und tranken und verloren kein einziges Mal auch nur ein Wort über Lynn. Nachdem ich gesagt hatte, dass meine Mutter gestorben war, erhielt ich lauter obligatorische Beileidsbekundungen, aus denen zugleich der Gedanke sprach, dass es so doch besser sei. Ich erwähnte Oma Preidl nicht, deutete nicht einmal ihre Existenz im Altersheim an.

Die *Anonymen Cutilis* behandelten ihre Mitglieder mit Respekt, und Respekt bedeutete unter anderem, dass man die Möglichkeit hatte zu schweigen. So war ich der pummelige stille Mann geworden, dessen bettlägerige Mutter ihn daran gehindert hatte zu leben. Die anderen betrachteten meinen Körper, der wie Teig wirkte, aufgehender, aufreißender Teig, und wunderten sich nicht.

Als ich das nächste Mal auf die Uhr sah, war es schon acht, das Treffen dauerte lange, und die Ersten waren bereits gegangen, der schielende Akademiker und das zu schnell wachsende Teenagermädchen, sie war jetzt größer als ich. Wir hatten uns so gut unterhalten, dass ich beinahe vergessen hatte, dass es Oma Preidl überhaupt gab und dass sie vielleicht verrückt wurde oder religiös. Ich sprach mit Sara und fragte sie nach ihren Vögeln. Sie zeigte mir ein kleines Foto von ihren zwei Wellensittichen, einer war sorbetgelb, der andere von einem bläulichen Grün, ähnlich dem Wasser vor einer kleinen Pazifikinsel, in der Wärme, in der Überzeugung, dass alles, was man kennt, weit weit weg ist.

»Sie sind wieder ganz munter. Es gab ein Zerwürfnis damals, du weißt schon.«

»Lynn?«

»Aber wir haben uns wieder versöhnt. Ich denke nur die ganze Zeit über eine Sache nach. Wenn einer von ihnen stirbt, kaufe ich dann einen zweiten nach oder beende ich die Wellensittichhaltung, indem ich auf den Tod des Verbliebenen warte?«

»Kommt darauf an. Sind die Vögel schon so alt, dass man sich darüber Gedanken machen muss?«

»Nein, ich bin einfach nur gerne vorbereitet auf schwierige Entscheidungen.«

»Ich hatte als Kind nur Quasihaustiere.«

»Was für welche?«

»Ich habe wie jedes andere Kind auch darum gebettelt, ein Haustier zu kriegen. Einmal kam meine Mutter heim, ich war vielleicht sechs, und sie sagte, hier hast du dein Haustier, sogar zwei. Sie knallte eine Baumwolltasche mit einem Glas darin auf den Tisch. Sofort schob ich den Stoff beiseite und sah in das Glas hinein, ein riesiges rundes Einmachglas. Am Boden lagen kleine Ziegelsteine. Das Wasser schwappte bis zum Deckel. Und über die Steinchen krochen zwei Wasserschnecken.«

Sara nahm einen Schluck von ihrem Sekt-Orange und lächelte. Es sah so aus, als würde sie verstecken wollen, dass sie lächelte.

»Wie hast du sie genannt?«

»Du wirst es nicht glauben. Nach mir. Sie hießen Herbert senior und Herbert junior.«

»Konntest du sie auseinanderhalten?«

»Eine gute Mutter kann das.«

Wir waren jetzt nur noch zu zweit in diesem riesigen Haus, das über Generationen vererbt worden war. Am

Ende dieser Reihe stand vorläufig meine Mutter – und ich, ich habe noch niemanden gezeugt.

Sara und ich hatten gelacht, als ich gesagt hatte, *eine gute Mutter kann das*. Dann hatte ich Sara gefragt, wie ihre Wellensittiche hießen.

»Bill und Cosby. Cosby ist das Weibchen.«

»Hast du keine Angst, dass sie Junge bekommen?«

»In Gefangenschaft legen sie keine Eier. Sie tun es einfach nicht. Aber sie treiben es schon miteinander. Oh doch. Und wie.«

»Aha.«

Es war dumm von mir, nur mit einem Laut zu antworten, aber ich hatte es einfach nicht erwartet, dass sie anfangen könnte, von Sex zu reden, wenn auch nur dem Sex von Tieren. Gleichzeitig fand ich die Wellensittiche traurig, die singen, durch die Zimmer fliegen und trotzdem wissen, dass sie in Gefangenschaft leben, und das ihren Nachkommen nicht antun wollen.

»Kann ich dir etwas zeigen? Es hat auch mit Tieren zu tun. Aber anders, als du denkst.«

Sara nickte und legte ihre schmalen zierlichen Hände auf ihren schwarzen Rock. An einer Hand trug sie ein dünnes goldenes Armband, das in regelmäßigen Abständen von kleinen Herzen durchbrochen wurde. Einige der Herzen reflektierten das Deckenlicht des Zimmers. Ich war mir nicht sicher, ob ihr gefallen würde, was ich ihr zeigen wollte. Vielleicht war sie sogar Vegetarierin. Bei den Treffen der *Anonymen Cutilis* hatte sie die Lachspastetchen jedenfalls nie angerührt.

Wir mussten in das ehemalige Krankenzimmer meiner Mutter. An der Stelle, an der das elektrisch verstellbare Bett gestanden hatte, war das Parkett etwas heller. Jahrelang hatte hier eine Frau gelegen, die tagsüber nichts anderes zu tun gehabt hatte, als deutsche Seifenopern zu gucken. *Dahoam is Dahoam* war natürlich ihre Lieblingsserie. Aber sie mochte auch *Gute Zeiten, Schlechte Zeiten* und *Verbotene Liebe*. Wie viele Frauen da schwanger wurden, wie viele Teenager sich verliebten, wie viele Intrigen enttarnt wurden, es waren überschminkte Leben, und meine Mutter war glücklich, sie ein bisschen mitleben zu dürfen.

»Nur eines: Bist du Vegetarierin?«

»Ja.«

»Es werden immer mehr, oder?«

»Hoffentlich.«

Ich legte meine Hände auf die blau-weißen Porzellangriffe der Kommode und zog die Schublade heraus. Ohne Erläuterung konnte man nicht begreifen, was da vor einem lag, denn ich hatte die Gegenstände mit einem Baumwolltuch verdeckt, damit sie nicht einstaubten.

Ich erklärte Sara knapp, wo der Rosenkranz herkam, und legte ihn ihr in die Hände, wie ein kleiner Bach ergoss er sich in ihre Handflächen, ganz rein. Die linke Hand hielt sie wie eine Schöpfkelle und ließ den Rosenkranz mal nach unten, mal nach oben wandern.

»Der ist aus Elfenbein.«

»Hab ich mir gedacht.«

»Mein Urgroßvater hatte früher einen kleinen Kolonialwarenladen in Waldkirchen.«

»War er auch drüben, in Afrika?«

»Er hat sich dort – das sagten die Leute zumindest – sehr viele Freiheiten genommen.«

»Ich glaube, ich weiß, wovon du sprichst.«

»Ich glaube, ich will es lieber nicht so genau wissen.«

»Aber wir stellen es uns doch gerade vor, während wir sagen, dass wir es nicht wissen wollen.«

Sara fand den Rosenkranz tatsächlich schön und fragte, wie es der Oma erging. Ich erzählte ihr von der Maria-Sache. Ich erzählte, dass ihr Haar nicht das Haar von alten Frauen sei, und beschrieb, wie es aussah.

»Es ist ein Bob-Schnitt.«

Hier redete ich also mit jemandem, der zuhörte und wusste, dass Oma Preidls Haare einen Namen hatten, sie hießen offensichtlich Bob. Vielleicht war das eins der Dinge, die Oma Preidl mit *eine Frau in deinem Leben haben* gemeint hatte. Morgen würde ich sie besuchen, ich würde mit den Pflegern reden, würde mich über ihre Medikationen erkundigen, fragen, ob sie schwachsinnig würde, und wenn ja, wie man das verhindern oder hinauszögern könnte. Vor allem, wenn Oma Preidl nicht wieder mit der Jungfrau Maria anfing, würde ich sie bitten, zu mir zu ziehen, vielleicht nur für einige Nachmittage in der Woche, und wenn ich arbeiten musste, ins Heim zu gehen. Aber heute hatte ich mit all dem nichts zu tun, denn hier, an diesem Abend, fand etwas statt, was mein Leben genannt werden konnte. Und in diesem Leben saß eine Frau spätnachts tatsächlich noch in meinem Haus und unterhielt sich mit mir.

»Welchen Tee willst du? Ich hab nicht viele Sorten da. Vielleicht Schwarztee?«

»Aber dann schlafen wir doch die ganze Nacht nicht. Aber ja, Schwarztee.«

Sara saß am Küchentisch, und das Geräusch des

Wasserkochers wurde langsam lauter, bevor es kochte und man die Worte des anderen nicht mehr verstehen konnte. Ein anderes Geräusch mischte sich hinein, schwach nur. Ich rief Sara zu:

»Hast du das gehört?«

»Was gehört?«

Ich schaltete den Kocher aus und blieb mit dem Finger am Knopf stehen, bis sich das Wasser beruhigte. Ich hatte mir das Geräusch nicht eingebildet, das Telefon klingelte. Um diese Zeit, um ein Uhr nachts.

Sara bot an, mich ins Heim zu fahren. Oma Preidl war gestorben. Einfach so. Gerade eben. Sie hatte nachts nach einem Pfleger geklingelt und sich beschwert, dass sie fast verhungert sei. Als der Pfleger mit einer Schale Fruchtquark zurückkam, war sie tot. Man versicherte mich der großen Schnelligkeit und Friedfertigkeit des Vorgangs.

Im Nachhinein muss ich sagen, dass ich noch nie auf eine befreiende, positive Art mit Trauer umgegangen bin.

Als die zwei Wasserschnecken Herbert senior und Herbert junior starben, tauchte ich einen Finger in das Wasser und leckte ihn ab, es schien fast normal zu schmecken, nur etwas sumpfig, aber nicht unbedingt schlecht. Sie taten mir leid, und ich wollte nicht, dass man sie wegbringt, also deckte ich das Aquarium mit einem dunklen Handtuch ab und sagte meiner Mutter, dass die Herberts mal Ruhe bräuchten. Mehrere Tage später kam ich aus der Schule heim, und meine Mutter wusch aufgebracht das Aquarium im Waschbecken aus. Sie sagte, das sei *kein schöner Anblick* gewesen, ich nickte, ging auf mein Zimmer und vermisste die beiden

Herberts und ihr sumpfiges Wasser, das in den Tagen zunehmend sumpfiger geworden war. Immer wieder hatte ich meinen Finger reingesteckt und das Wasser abgeleckt, aber ich hatte mich nicht mehr getraut, die Herberts anzuschauen.

Als meine Mutter gestorben war, war ich zwar bei ihr im Zimmer gewesen, hatte aber alle ihre Ansätze, letzte große Worte zu machen, jedes Mal abgeschmettert mit dem Verweis, dass es das noch nicht gewesen sei. Der Arzt hatte mir zwar gesagt, dass *der Prozess* unaufhaltsam eingesetzt hatte. Aber ich benahm mich, als läge sie bloß im Fieberdelirium einer Grippe und wäre nächste Woche wieder gesund. Dann war es zu Ende, sie hatte nicht mehr die Kraft gefunden, etwas zu sagen, und ich blieb lange an ihrem Bett sitzen. Ihr Gesicht begann, sich zu verändern. Kleine, aber umso gewichtigere Veränderungen, die mich beruhigten, denn ich sah diesem Gesicht an, dass es nicht mehr zu meiner Mutter gehörte. Danach fühlte ich mich noch wochenlang wie in einer blödsinnigen Erwartung von etwas, das nicht eintreten sollte, wahrscheinlich der Erwartung ihrer letzten Worte.

Ich saß auf dem Beifahrersitz von Saras Auto und betrachtete die stillen leeren Straßen Waldesreuths. Wer hier um diese Zeit noch unterwegs war, hatte sicherlich einen guten Grund dazu. Es gab nichts, was ich hätte denken, sagen oder tun wollen. Ich wollte einfach nicht sein, und ich wollte, dass wir ewig weiterfuhren. Aber wir kamen am Altersheim an, bogen auf den Parkplatz, und mir war klar, dass ich irgendwann die Autotür öffnen musste. Aber wenn ich sie öffnete, dann würde das Ereignisse in Gang setzen, an deren

Ende Oma Preidls unwiederbringlich verändertes, totes Gesicht stand.

Der Flur im Altersheim war notdürftig beleuchtet und mit Bewegungsmeldern ausgestattet, sodass es wie ein Spiel wirkte, wenn man ihn durchquerte und sich die Lichter abschnittsweise vor einem einschalteten. Ich wollte am Empfang alles erklären, aber sie wussten natürlich Bescheid. Sie telefonierten nach einem Pfleger, der kommen und mich holen sollte. Sie sagten: *Herzliches Beileid.* Ich fragte, ob Thom da sei.

»Er kommt erst in der Früh wieder. Aber er wird sie bestimmt vermissen.«

»Es ist eigentlich schon alles arrangiert. Mit dem. Unternehmen. Wegen Mutter vor Kurzem war schon alles. Geregelt.«

»Aber ja.«

Ich drehte mich um, Sara stand noch da, diskret gegen die Wand gelehnt, ihre schwarze Handtasche hing an ihrer linken Schulter, und sie hielt sie zusätzlich vorne mit beiden Händen fest. Ich wollte etwas zu ihr sagen, etwas Nettes, aber sie kam mir zuvor.

»Ich bleibe hier und warte auf dich.«

»Sie können auch im Aufenthaltsraum warten. Da gibt es Zeitschriften.«

Die Frau am Empfang sprach Sara über mich hinweg an, sie hatte alles beobachtet, wahrscheinlich brauchte sie etwas, um sich in der Nachtschicht wach zu halten.

Der Pfleger kam, er war jung und blond, ich kannte ihn nur vom Sehen. Seine Augenringe gingen ins Violette über, sie buchteten sich aus, als würden sie Wasser für einen Notfall speichern. In einigen Jahrzehnten würde er echte Tränensäcke bekommen. Bis dahin würde er Dutzenden von Menschen beim Sterben zugesehen haben, der Tod würde so alltäglich für ihn geworden sein, dass er ihn nur noch wissend belächeln könnte.

Wir brachten Sara in den Aufenthaltsraum, danach ging ich mit dem Pfleger den langen Gang entlang, ich schätzte, Oma Preidl müsste noch in ihrem Zimmer liegen.

Ich blieb stehen, und nach einigen Schritten merkte es der Pfleger und blieb auch stehen.

»Darf ich Sie etwas fragen? Als meine Oma gestorben ist, kurz davor, hat sie da angefangen, Ihnen etwas über die Jungfrau Maria zu erzählen?«

»Mutter Gottes?«

»Genau die.«

»Im Gegenteil, sie fluchte, mit Sakrament und so, und sagte dann, dass man sie hier verhungern lässt.«

»Und als Sie mit dem Quark zurückkamen?«

»Da war sie schon gestorben. Aber sie hatte überhaupt keinen wütenden Gesichtsausdruck.«

»Nein?«

»Nein.«

»Dann warten Sie bitte einen Moment.«

Ich konnte es ihm nicht so erklären, wie es sich nahtlos in meinem Inneren zusammenfügte. Denn das tat es und war so einleuchtend, dass es mir in diesem Moment dieser Nacht wie das einzig Richtige vorkam. Ich ging Oma Preidl nicht noch einmal besuchen.

Auf dem Rückweg zum Ausgang, nachdem ich mit dem Bestattungsinstitut telefoniert und etwas unterschrieben hatte, holte ich Sara im Aufenthaltsraum ab, wo sie gerade etwas über einen Volksmusikstar las.

»Diese Musik wird am meisten gehört, aber wir wissen nichts über sie.«

Dann besann sie sich wieder und fing mit ihren Beileidsbekundungen und dem Mitleid und den Beschwichtigungen an, die Leute in dieser Situation machen, sie verwies auf das hohe Alter von Oma Preidl und die Güte des Vorgangs. Das alles aber spielte in diesem Augenblick gar keine Rolle für mich, sie wusste das nur nicht, oder sie wusste es und fühlte sich trotzdem verpflichtet, das Übliche zu sagen.

Sara legte den Schlüsselbund wieder in ihre Tasche zurück, da sie merkte, dass ich keine Anstalten machte zu gehen.

»Tut mir leid, wenn ich das frage, aber warst du hier auf der Besuchertoilette?«

»Ja.«

»Gibt es in der Damentoilette auch diese, na ja, Instruktionstafel?«

»Diese vier Abbildungen in den Kabinen? Ja.«

»Findest du sie nicht einfach schrecklich? Diese grässliche Tafel.«

»Eigentlich nicht. Sie zeigt eher einen Lernprozess. Außerhalb der Zeichnungen steht jemand da und sagt ihm, wie er es machen soll, und er versteckt sich nicht aus Angst vor seiner Dummheit, sondern kriegt es am Ende sogar hin.«

Ich sagte nichts und nahm ihre Hand. Sie ließ es geschehen, und wir gingen am Empfang vorbei zur Tür und dann – nach draußen in die klare, rätselhaft bestirnte Nacht, in eine Nacht, in der niemand in Waldesreuth unterwegs war, außer Leuten, die etwas verloren hatten.

HEIMCHEN UND ANDERE INSEKTEN

Mein Leopardengecko heißt Oscar, und seine Damen heißen Romy und Klara. Das Terrarium misst 100 cm × 60 cm × 50 cm. Neben lehmhaltigem Sand als artgerechtem Einstreu bietet es verschiedene Äste und Steine zum Rumkrabbeln an. Leopardengeckos ernähren sich von Heimchen und anderen Insekten. Eine Fünferpackung Heimchen kostet im Zooladen sechs Euro.

Meine Leopardengeckos sind ständig hungrig. Um Taschengeld zu sparen, habe ich deshalb beschlossen, im Sommer selbst Heuschrecken fangen zu gehen, damit ich das Geld für etwas anderes ausgeben kann. Möglichkeiten wären: Freibad, Pommes im Freibad; Kino; Lipgloss; schöne Unterwäsche; ein neues Buch über Leopardengeckos.

Die meisten Heuschrecken hier in der Gegend sind kleine schnelle Viecher, die man kaum zu greifen kriegt, nur ganz selten sieht man diese riesigen amerikanischen Hüpfer, die meine Leopardengeckos lieben. Ein Heimchen dieser Sorte ist so groß, dass es die Höhle meiner geschlossenen Hände ganz ausfüllt.

Am Dienstagmorgen packe ich ein Marmeladenglas in meinen Rucksack, damit ich gleich nach der letzten

Stunde in das Feld zwischen Gymnasium und dem Supermarkt gehen kann, wo ich auf dem Nachhauseweg die Snickers kaufe. In das Marmeladenglas habe ich Grashalme und Löwenzahl getan, und den Aluminiumdeckel habe ich durchlöchert, alles soll schön gemütlich sein für die Heimchen bis zu ihrem finalen Moment. Nutzen, ja, ausnutzen, nein.

Die letzte Stunde am Dienstag ist Religion. Kaplan Mandl hat mit uns die Geschichte durchgenommen, in der ein König zufällig einer hübschen Frau beim Baden zusieht und danach unbedingt etwas unternehmen muss. Als Kaplan Mandl fünf Minuten vor Schluss verkündet, dass wir früher gehen dürfen, gucke ich nach rechts, aber Corinna, neben der ich seit Beginn des Jahres sitze, ist schon schnell aufgesprungen und ohne ein Wort zu den anderen gegangen.

Ich räume mein Mäppchen in den Rucksack und merke, wie um mich herum alle rausgehen oder sich unterhalten, auch Kaplan Mandl hat seine lederne Tasche schon gepackt und steht mit dem Schlüsselbund in der Hand an der Tür. Sogar das fette Mädchen Sabrina geht, ohne etwas zu sagen oder mich überhaupt zu bemerken, an mir vorbei. Sie trägt immer irgendeine Art von Weste, immer, auch heute, obwohl es so heiß ist, hat sie eine grüne Steppweste über ihrem weißen T-Shirt an. Ich glaube, dass die Weste ihre Fettigkeit, vor allem um den Bauch herum, verstecken soll. Als ich den Reißverschluss meines Rucksacks zumache, erschrecke ich durch ein Geräusch neben mir. Im Wind knallen die Zweige des großen vollen Apfelbaums gegen das Fenster und schleifen dabei ihre Blätter am Glas entlang. Niemand mag mich an diesem

Ort, aber ich liebe es hier. Wieso ist das so, und wieso muss ich auf dieses Internat gehen?

»Komm, Marianne«, sagt Kaplan Mandl, die Hand bereits am Türgriff, und ich gehe aus dem Zimmer.

Draußen drückt die Hitze von allen Seiten auf mich ein. Meine Füße schwitzen in den flachen Sandalen, und der Dreck klebt an ihnen, die Zehen sind so grau vor Schmutz und Staub, dass man den Unterschied zur sauberen blassen Haut unter den Riemen deutlich wird erkennen können, wenn ich die Sandalen später ausziehe. Die anderen Mädchen haben das nicht. Ihre Füße sehen ordentlich aus. Wie machen sie das? Auch sehen ihre Schamhaare weniger dicht aus, wenn ich mal unauffällig in der Umkleide hingucke. Auch machen ihnen schlechte Noten gar nichts aus. Auch können sie so tun, als ob sie nicht wüssten, dass die Jungs sie ansehen, aber die Jungs tun es, und sie wissen es ganz genau. Auch haben sie noch nicht bemerkt, dass hinter der Schule, wenn man den Weg hoch zu den Hügeln geht, von wo aus man die ganze Gegend mit den Feldern und den schmalen Straßen und dem Wald sehen kann, ein Pflaumenbaum wächst, der lila, süße Pflaumen hergibt, die gar keine Würmer haben oder nur ganz wenige.

Hinter mir klingelt es zum Schulschluss, und ich laufe schnell die vielen Treppen hinunter. Das Gymnasium ist ganz oben auf einem Hügel gebaut. Zwei Treppenblöcke weiter unterhalb steht die Realschule, auf Straßenebene die Hauptschule, und die Sonderschule, die ist ganz woanders.

Am Feldrand vor dem Supermarkt stelle ich meinen Rucksack auf den Boden, um das Marmeladenglas rauszuholen, und da sehe ich ihn, einen ziemlich großen strohfarbenen Hüpfer, der auf ein Löwenzahnblatt klettert. Zackig bewegt er sich auf seinen sechs Beinen zur Blattspitze hin, die sich unter seinem Gewicht nach unten beugt.

Normalerweise fange ich die Dinger schnell wie eine Katze, trage sie in meinen Händen nach Hause, um sie direkt an Oscar, Romy und Klara zu verfüttern, zuzugucken, wer als Erstes die Heuschrecke fängt, zuzusehen, wie sie kauen, ganz langsam, und ihre Haut sich dabei wie eine Harmonika aus tausend Falten zusammen- und wieder auseinanderzieht.

Mit Gläsern habe ich noch nie gefangen. Erst mal hocke ich mich ganz langsam, ganz vorsichtig auf das Gras daneben. Leute gehen an mir vorbei und rufen mir Sachen zu. Wahrscheinlich kenne ich sie. Wahrscheinlich mögen sie mich nicht. Aber dann hört das alles auf. Nur noch ich bin da mit der dummen Heuschrecke, die weiter auf dem staubigen Löwenzahn herumkrabbelt und einfach nicht versteht, dass sie gejagt wird. Ich halte das Glas schräg in die Höhe und werfe es dann in so einer irrsinnig schnellen Bewegung auf den Hüpfer. Es klappt, verwirrt versucht er, an den Glaswänden hochzuklettern. Schnell hebe ich das Glas ein wenig an, schiebe den Deckel darunter und schraube ihn zu. Da erschrecke ich, denn auf einmal steht jemand neben mir.

»Was machst du da?«

Ich schaue hoch. Er steht da und spricht mich an.

»Was hast du mit den Hüpfern vor?«

Sein Name ist Pfeffer. Mit dem Vornamen bin ich mir nicht sicher, Franz, glaube ich. Aber alle nennen ihn *Der Pfeffer*. Er ist schön und hochgewachsen und nie richtig glatt rasiert. Er hat dunkles dichtes Haar, er ist dünn und er ist nett, er macht sich nie über mich und die anderen aus der siebten Klasse lustig, wenn wir zur Phonetikübung an der Kollegstufe vorbeigehen. Ich stehe sofort auf, etwas Erde klebt noch an meinen Knien.

»Ich fange die für meine Leopardengeckos.«

»Leopardengeckos? Du hast Leopardengeckos?«

Er sagt das so verwundert, dass ich sofort bereit bin, infrage zu stellen, ob ich wirklich Leopardengeckos habe und ob sie wirklich hierbleiben müssen, wenn ich im Herbst aufs Internat komme, und ob meine Eltern wirklich so gut auf sie aufpassen werden, wie sie immer sagen.

»Ich habe drei davon«, sage ich. »Er heißt Oscar, und seine Damen heißen Romy und Klara.«

Der Pfeffer lacht und sieht dabei in die Ferne zu den Bergen, die bei diesem Wetter blau erscheinen. Er hält eine Packung M&M's in der Hand und trägt kurze Hosen, seine Beine sind ganz haarig, er lacht herzlich.

»Ich habe auch Tiere zu Hause, Reptilien und anderes Kriechzeug. Willst du sie sehen?«

In meinem Glas krabbelt das Ding herum und versucht zu kapieren, was los ist. Der Pfeffer drückt an seiner M&M's-Packung herum, die noch nicht geöffnet ist.

»Aber hast du denn schon aus? Ihr in der Kollegstufe seid doch immer so lange da wegen dem Abitur.«

»Ich sag einfach im Sekretariat, dass mir schlecht ist, dass ich heimmuss, und dann gehen wir.«

»Okay.«

Ich schirme meine Augen ab, weil die Sonne jetzt direkt hinter ihm steht, und nicht mal er mit seiner Statur kann sie ganz abblocken.

Ich warte unten neben der Hauptschule an der alten Telefonzelle auf ihn und stecke das Glas in meinen Rucksack. Als der Pfeffer wieder rauskommt, hat er seine volle Büchertasche dabei und öffnet auf den letzten Treppenstufen die Packung M&M's. Bei mir angelangt, sagt er:

»Hand auf.«

Ich halte ihm meine leicht verschwitzte Hand hin, und er schüttet eine Ladung M&M's hinein. Die schmelzen einfach nie.

»Gehen wir«, sagt er dann.

Auf dem Weg reden wir kaum, wir essen die M&M's, und der Pfeffer gibt mir immer die braunen ab, weil er die nicht leiden kann, er sagt, weil sie sich nicht genug Mühe geben, wenn schon M&M's, dann bitte schön nur die gefärbten, bunten. Die braunen lässt er einzeln in meine Hände fallen, und einmal befiehlt er mir, den Mund aufzumachen, wo er dann einen M&M auf meine Zunge legt. Ich denke oft an den Hüpfer in meinem Rucksack, ob es ihm gut geht, ob er nicht erstickt, und ich überlege, ob ich das Glas nicht einfach so tragen soll, aber das kommt mir doch recht uncool vor, stattdessen schaffe ich es, den Reißverschluss meines Rucksacks unbemerkt ein wenig aufzumachen, während der Pfeffer mit den M&M's beschäftigt ist.

Der Pfeffer wohnt in einem Reihenhaus, das hellblau gestrichen ist, sogar die Fensterrahmen sind hellblau, wie für ein Babyzimmer. Ich muss fast lachen deswegen, aber ich lasse es bleiben, denn man soll ja vorsichtig damit sein, über Jungs zu lachen. Er sperrt die Tür auf und erzählt mir, dass seine Eltern um die Zeit nicht zu Hause seien.

»Sie arbeiten beide, und mein kleiner Bruder ist in der Grundschule, die gibt es seit diesem Jahr als Ganztagsschule.«

Er betont das, als ob ich das komisch finden würde, dass seine Eltern nicht da sind und dass überhaupt niemand da ist. Ich finde es nicht komisch, das ist etwas, was ich mir selbst wünsche, ungestört zu Oscar, Romy, Klara heimkommen, ohne mich über die Schule oder sonst was unterhalten zu müssen.

»Wollen wir nicht erst was essen?«, sagt der Pfeffer.

»Bevor was?«

»Bevor ich dir meine Tiere zeige.«

Dabei streicht er ein paar bunte Flecken der M&M's von seinen Händen weg.

»Also ich hab Hunger«, sage ich.

Ich sitze in der Küche und fahre mit den Zeigefingern das Muster der Tischdecke Blütenblatt für Blütenblatt nach, während der Pfeffer am Herd steht und etwas kocht, das nach Kräutern riecht. Wir reden nicht miteinander, weil die Pfanne sehr laut brutzelt und die Mikrowelle, in der ein Tablett mit Essen langsam rotiert, schwer atmende Geräusche von sich gibt, bis ein hoher Piepston da rauskommt. Aber der Pfeffer beachtet das nicht, sondern brät stattdessen die Sachen in der

Pfanne fertig. Um Gottes willen, denke ich mir, er hat das alles unter Kontrolle, wie ein Mann, wie ein richtiger Mann.

Schließlich gibt mir der Pfeffer auf meinen Teller eine Portion mit roter Soße verklebte Makkaroni und daneben ein mit Kräutern berieseltes Stück Grillkäse. Ich sage *Danke,* und er sagt, er habe etwas vergessen, was zu so einem mediterranen Essen dazugehört, den Wein natürlich, einen roten. Dann nimmt er aus dem Kühlschrank eine halb volle Flasche heraus, die mit einem Glaskorken zugemacht ist.

»Willst du auch?«

»Weiß nicht.«

Er gießt mir ein wenig ein, während ich schon angefangen habe, die Nudeln zu essen. Ich halte das Glas hoch und sehe mir die Farbe an. Das ist edel. Das alles. So edel. Er prostet mir zu, und wir essen. Als ich bemerke, dass der Grillkäse ein quietschendes Geräusch an meinen Zähnen macht, kaue ich extra langsam, weil ich das Gefühl mag, mit meinen Zähnen daran abzurutschen.

»Wie findest du den Käse?«, fragt der Pfeffer.

»Wie Gummi.«

Er sieht kauend von seinem Teller hoch und nimmt einen großen Schluck Wein.

»Aber gut.«

Er setzt sich auf sein Bett und zählt seine ganzen Tiere auf, darunter sind auch ein Madagaskar-Baumleguan und verschiedene Schildkröten. Die Namen der Tiere passen überhaupt nicht zusammen: Leo, Milva, Horst, Manni, Bella, Tante, Valentin, Rio, Liesl.

»Wohin kommen deine Tiere, wenn du studieren gehst?«

»*Wenn* ich studieren gehe.«

Ich fahre kurz vom Bett hoch, weil es so dramatisch klingt. Zum Tiereangucken hab ich mich zu ihm gesetzt. Er hatte nämlich so ein Zeichen gemacht, mit der Hand klopfte er neben sich auf die Decke.

Vor uns steht eine Reihe von niedrigen Schränken mit den Terrarien darauf. Darin krabbelt es, kriecht es, klopft es an die Fenster, daraus sieht uns etwas an, als würden wir nicht hierhergehören. Ich deute mit dem Finger nach links knapp an seiner Nase vorbei. Ich frage, wieso dieses Terrarium leer sei. Es ist sehr klein, quadratisch, und das Einzige, was ich darin erkennen kann, sind buschige Äste, ich glaube, es sind Äste vom Brombeerbaum.

»Du bist drauf reingefallen!«, schreit er.

Dann flüstert er ganz leise, wobei er meinem Gesicht ziemlich nahe kommt.

»Es ist nicht leer.«

Er geht zum Terrarium, aber ich kann nichts sehen, denn er steht mit dem Rücken zu mir. Sein Rücken ist an den Schultern breiter, und durch das dünne T-Shirt kann ich den Verlauf seiner Wirbelsäule erkennen. Ich frage mich, wieso die Jungs in meiner Klasse nicht so sind wie er. Wieso haben sie keine breiten Rücken, wieso sind sie nicht nett, wieso geben sie mir auf ihren *Hot-or-not-Listen* immer die schlechtesten Noten von allen Mädchen, wieso sagen sie, dass ich ekelhaft sei, wieso sagen sie, dass ich mich für zu gut halte, es aber nicht bin. Sie wissen einfach nicht, dass ich aufs Internat komme, und sie verstehen nicht, dass ich es dann lieben werde, sie aus der Ferne zu hassen.

Der Pfeffer setzt sich wieder neben mich und legt mir vorsichtig einen Ast auf mein linkes Bein. Aber es ist gar kein Ast. Es ist eine Heuschrecke. Ich kann wirklich nicht ausmachen, wo vorne und wo hinten ist.

»Das ist ein Weibchen, die sind größer und dicker.«

»Was machst du, wenn sie sich vermehren?«

»Dann habe ich innerhalb von ein paar Monaten hunderte Viecher hier.«

»Und was machst du mit ihnen?«

»Vielleicht im Ofen verbrennen.«

Ich weiß gleich, dass er das nicht so meint, und als ich runterschaue, krabbelt der Ast mein Bein etwas weiter hoch. Etwas weiter *dorthin*. Ich beobachte, wie er seinen Weg fortsetzt. Bevor das Astweibchen aber kurz davor ist, in die Spitze des Dreiecks meiner Shorts zu fallen, nimmt es der Pfeffer hoch und setzt es in sein Terrarium zurück.

Am Computer rumstehend, fragt mich der Pfeffer, ob ich Musik hören will. Das passiert tatsächlich, es ist keine Erzählung der Mädchen in der Schule, die ich zufällig belausche. Das ist echt, und es passiert mir.

»Musik ist gut«, sage ich.

Die Nummer, die er anmacht, beginnt mit elektronischem Schlagzeug, bevor eine hohe Männerstimme, ich würde sagen im Falsett, mit dem Text in Englisch anfängt, natürlich alles in Viervierteltakt, ziemlich schlicht arrangiert, aber doch eingängig, und leider wird es ziemlich schnell auch eintönig. Der Refrain wird natürlich tausendmal wiederholt, es ist die alte

Ordnung, bei der es keine Abwechslung gibt, die Abwechslung nicht mal vorgesehen ist. Ich versuche, es nicht sofort zu hassen.

Als der Pfeffer sich wieder zu mir setzt, spüre ich seinen Oberschenkel direkt an meinem. Wir sitzen nun näher beisammen und hören uns die Musik an. Ich nicke nur ganz leicht zu dem Takt, und da fällt es dem Pfeffer erst ein.

»Du bist ja die Sängerin in der Schule! Beim Schulkonzert hast du auch gesungen. Dieses Schubertding, oder? Wieso hast du nix davon erzählt?«

Mein Kopf senkt sich wie von selbst, und ich lege mir gerade eine Antwort zurecht, als er aufspringt und die Musik ausschaltet.

»Du musst jetzt unbedingt singen. Wenn ich schon mal eine Sängerin in meinem Zimmer hab. Du musst.«

Ich habe ja versucht, mich zu wehren, ich habe es satt, dass alle das von mir verlangen. Der Pfeffer ist schließlich nicht der Einzige, es sind so viele, und das ist mein letzter Sommer hier. Im Herbst komme ich auf dieses musikalisch orientierte Internat in Reichersbeuern. Meine Eltern sagen, dass sie nicht wollen, dass mein Talent hier den Abfluss runtergespült wird, aber mein Talent, das ist nur diese Stimme, die ich schon immer hatte, und ich habe sie mir weder verdient noch wollte ich sie haben. Ich habe nicht darum gebeten, dass sie diese Töne erzeugt, die den Musiklehrer in der Schule dazu bringen, bewegungslos dazustehen und mir zuzuhören, wenn ich singe. Er lauscht jedes Mal so aufmerksam und andächtig, als wäre ich etwas Heiliges. Und immerzu wollen sie alle, dass ich singe, singe,

singe. Ich kann nie Nein sagen, so singe ich auch für den Pfeffer. Dazu stelle ich mich aufrecht hin und bereite meine Lungen auf ihre Arbeit vor.

Er macht keinen Vorschlag, was ich singen soll, er kennt sich auch nicht aus, und ich will nur, dass es schnell vorbei ist und ich wieder bei ihm auf dem Bett sitzen kann. Ich entscheide mich für *America the beautiful*. Hymnen kommen immer gut an und sind noch am ehesten ohne Instrumente zu schaffen.

Da der Pfeffer nach *America the beautiful* nichts sagt, sondern nur auf meinen Hals starrt, singe ich noch *Amazing Grace*, obwohl es Hochsommer ist und mein Gesangslehrer es nur deshalb mit mir eingeübt hat, damit ich es in meinen ersten Ferien daheim am Weihnachtsabend vortragen kann.

Als ich mit *Will be forever mine* schließe, ist es klar, dass die Vorstellung vorbei ist. Dann schweige ich und stehe unschlüssig da. Ich will abwarten, was der Pfeffer sagt oder macht. Aber er legt sich nur auf das Bett und faltet die Arme unter seinem Kopf, er sagt gar nichts, und ich lege mich genauso neben ihn hin. An der Zimmerdecke hängt ein Poster von der Frau aus *Transformers*, sie hat rote Lippen und ist braunhaarig wie ich, aber ihr Haar sieht dunkler und glänzender aus. Ich sehe zu Pfeffer, wir liegen so nahe beieinander, dass unsere Arme sich berühren, aber er starrt nur die Decke an und spricht nicht mehr mit mir. Ich weiß nicht, wie lange wir so da liegen, aber am Ende ist es doch ziemlich lange.

»Wo warst du die ganze Zeit?«, fragt meine Mutter, als ich mir im Flur die Sandalen ausziehe.

»Heimchen fangen.«

»Und wie viele hast du gefangen?«

Währenddessen stellt sie meine ausgezogenen Sandalen wieder ordentlich vor die Tür, sodass sie mit den Zehenspitzen nach außen zeigen.

»Nur eines«, sage ich. »Aber ein schönes.«

DIEJENIGEN, DIE FLIEGEN

Das Haus lag an einer merkwürdigen Ausfransung Waldesreuths, sodass es schon fast zum nächsten Dorf gehörte, und war Teil einer vor fünf Jahren entstandenen Neubausiedlung. Die Häuser drängten sich hier stramm und kantig nebeneinander. Die Fassade war weiß, die Fensterrahmen dunkelrot. Hoit schloss das Auto ab, ich lehnte mich gegen die Beifahrertür.
»Warum haben sie eine Wohnung? Wieso bauen sie nicht ein Haus wie alle anderen? Er ist immerhin Soldat, sie hätten das Geld.«
»Er ist ja nie da. Bei seiner Eliteeinheit wird alles sehr ernst genommen. Tankred ist nicht einer dieser Männer, die sich ein Haus bauen und dann ein Bierbäuchlein bekommen.«
»Du hast ein Haus und kein Bierbäuchlein bekommen.«
»Ich bin ja auch so etwas wie ein Bauer, ich schufte.«
»Biblisch ist das bei euch. Zwei Brüder. Ein Kämpfer, ein Bauer.«
»Ich bin nicht nur Bauer, und genauso wenig kannst du so tun, als wär das Einzige, was du machst, meine Freundin sein.«
»Nicht jetzt, Hoit.«

»In jedem dieser Gärten hier, in jedem dieser gestutzten Gebietchen steht eine deiner vermaledeiten Insektenlaternen. Ich kann sie schon nicht mehr sehen, weil ich es hasse, daran zu denken, dass du sie nicht mehr machst.«

»Nicht jetzt, hab ich gesagt. Woher kommt bloß deine Vorliebe, so ernst zu sein, wenn ich nur Witze machen will?«

»Woher kommt bloß deine Vorliebe fürs Ausweichen?«

»Hoffentlich gibt es heute mehr Wein als den hier.«

»Wenn ja, dann kannst du ihn allein trinken. Tankred ist streng, Gudrun braucht keinen Wein, um durch die Gegend zu schweben, und ich trinke selten.«

»Dann solltest du damit anfangen.«

Hoit küsste meinen Hals, ich überlegte, wie oft er meinen Hals schon geküsst hatte und wie oft er ihn noch küssen würde. Als er sprach, hielt er seine Lippen an mein Ohr.

»Ich gebe mir alle Mühe, deine schlechten Gewohnheiten zu übernehmen«, sagte er.

»Und ich will auf keinen Fall mit auch nur einer deiner guten Gewohnheiten enden.«

Als Erste begrüßte uns die kleine Tochter, ein fünfjähriges blondes Mädchen, das mal gegen die eine, dann gegen die andere Seite des Türrahmens pendelte wie die Metallzunge einer Glocke. Hoit hob sie hoch und stellte sie vor mir ab.

»Wie heißt du? Wer bist du? Bist du schon alt?«

Ich strich über ihr blondes Haar, das schon anfing nachzudunkeln.

»Ich bin Carli. Du stellst aber viele Fragen.«

»Ich will alles, alles wissen.«

Wir gingen hinein, Hoit umarmte Tankred, ich wurde beiden vorgestellt, und Gudrun kam auf mich zu und gab mir einen Kuss auf die Wange, einen unerwarteten, unpassenden Kuss. Marlen lief durch den Flur dem Essensgeruch entgegen, die Türen wurden geschlossen, die Mäntel ausgezogen, und ich dachte: Was bedeutet es, alles zu wissen? Würde man sich dann wie durch einen Sumpf durch diese klebrige Masse an Wissen kämpfen? Keinen Schritt könnte man tun, ohne von den vorweggenommenen Konsequenzen dieses Schrittes zurückgezerrt zu werden.

Noch etwas fremd standen wir im Flur, sogar Hoit, sogar er wirkte fremd, nur Gudrun schien sich mit einer unerklärlichen Aufgeregtheit auf unseren Besuch gefreut zu haben.

»Soll ich mal die Wohnung herzeigen?«

»Gudrun, das macht man nur bei Häusern.«

Tankred lachte und legte seine Hand um ihre Taille.

»Auch wenn es nur eine Wohnung ist, die Leute wollen immer eine Tour. Im Fernsehen kommt man zur Eingangstür rein, und schon gibt es die Tour. Durch das Domizil.«

Niemand konnte Gudrun erlösen. Sogar Hoit hob abwehrend die Hände, signalisierend, dass er nichts damit zu tun haben wolle.

»Ich würde sie gerne sehen«, sagte ich endlich.

So gingen Gudrun, Marlen und ich durch dieses Refugium Gudruns, in dem sie ihre Tochter großzog und versuchte, so zu tun, als sei Tankred ein alltäglicher, unbestreitbarer Teil dieses Lebens.

Marlens Zimmer, das in dem Versuch eingerichtet

war, orientalisch-prinzessinenhaft zu wirken, bot ein übertrieben weich aussehendes Bett, auf das sie sich sofort stürzte, um darauf zu hüpfen, weswegen Gudruns Augen kurz zuckten. Nachdem sich Marlen beruhigt hatte, deutete sie auf die Wand, an der ein Plakat des Zeichentrickfilms *Aladdin* hing.

»Das ist mein aller-, aller- ... «

Aus den Augenwinkeln konnte ich sehen, wie Gudrun das Wort *aller* mit ihren Lippen nachformte, ohne dabei einen Laut zu machen.

»... mein aller-, aller-, aller-, allerliebster Lieblingsfilm.«

»Aber wieso unbedingt der? Der ist doch schon so alt.«

»Ich selbst hab den als kleines Mädchen geliebt, und dann hab ich ihn mit Marlen geguckt. Das war dann wohl der Fehler«, sagte Gudrun.

Mit aufmerksamem, aber grimmigem Blick wartete Marlen auf ihrem Bett auf mich, und als ich zu ihr kam, nahm sie meinen rechten Zeigefinger und strich damit über das Plakat, das schon so oft angefasst worden war, dass sich bereits an vielen Stellen die Punkte der Rauhfasertapete durchgedrückt hatten, der Dschinni wirkte pockennarbig.

»Magst du den am liebsten?«

Marlen nickte eifrig und antwortete so schnell, dass sie sich verhaspelte.

»Der ist der Beste. Der wohnt in einer schönen Lampe und nicht in einem blöden Zimmer.«

»Aber der wohnt da gar nicht, der Dschinni ist durch einen Fluch in der Lampe gefangen. Er hat gar keine Wahl.«

»Aber die Lampe ist doch so schön! Dann macht es doch nichts aus. Wen magst du am liebsten?«

Ich bemerkte wieder, dass sich Kinder, wenn auch nur minimal, immerzu bewegen müssen, sie halten nie still, als gebe es einen riesigen Batzen Energie, mit dem man zur Welt kommt, und nach und nach braucht man diese Energie auf. Ich hatte das Gefühl, von meinem Batzen fast nichts mehr übrig zu haben, gerade noch Kraft genug, um Hoit zu lieben, und auch das war schon anstrengend.

Nach Marlens Frage suchte ich auf dem Plakat nach etwas, an das ich mich erinnern konnte. Da war Aladdin mit der Prinzessin, ihr wallendes tiefschwarzes Haar, beide auf dem mit Flammen gemusterten Perserteppich. Da war der Dschinni mit einem Bart, wie ihn nur die Proleten hier in der Gegend tragen. Und da war das Äffchen, treu und dumm auf Aladdins Schulter, der das Tier kaum noch beachtet, sondern nur noch *sie* anbetet, weil sie ihm etwas geben kann, das ihm kein noch so treues Tier der Welt geben kann.

»Am liebsten mag ich das Äffchen.«

»Abu? Warum?«

»Er wirkt so glücklich.«

»Schon eigenartig, dass ein Mann mit einem Ohrring, ein Mann, der einfach so auftaucht, die Kinder nicht eher erschreckt. Aber die lieben ihn«, sagte Gudrun.

»Die Kinder wissen eben, dass nie wirklich etwas passiert.«

»Aber das stimmt nicht, sogar hier passiert Schlimmes.«

»Das ist schon Jahre her.«

Während wir weitergingen, hörte ich aus dem Wohnzimmer die murmelnden Stimmen von Hoit und Tankred, und diese Stimmen mischten sich zu einer Stimme, der Stimme der Familie, in die ich mich hineinbegeben hatte. Ich konnte nicht hören, ob Tankred seinem Bruder etwas von seinen Einsätzen erzählte, ich wusste nicht, ob er überhaupt darüber sprach, aber ich war mir sicher, dass Tankred am meisten von allen Einwohnern Waldesreuths, wahrscheinlich sogar des gesamten Landkreises, von der Welt gesehen hatte.

Etwa ein halbes Dutzend Bilder von den Besuchen etlicher fremder Länder hingen im Flur, alle in breiten, klar lackierten Holzrahmen.

»Das ist Tankred in Nigeria«, kommentierte Gudrun.

Auf einem Foto war Tankred vor einem Lazareth zu sehen, zwei schwarze Soldaten legten freundschaftlich die Arme um ihn. Die drei lächelten in die Kamera, als wären sie im Urlaub, und die Zähne der nigerianischen Soldaten blitzten weiß, während bei Tankred das Augenweiß zum Verrücktwerden hell war. Die nigerianischen Soldaten hatten beinahe kahl geschorene Köpfe, Tankred dagegen zwar sehr kurzes Haar, das im Vergleich aber beinahe schon wild wirkte. Jeder auf dem Bild war bewaffnet. Ich überlegte, wie sich das Gewicht eines Gewehrs anfühlen würde, wie man es in den Händen hielt. Ich könnte es wohl auch halten und abfeuern, wenn mir nur jemand zeigen würde, wie.

»Hast du Angst um ihm, wenn er weggeht?«
»Immer.«
»Hat er selbst auch Angst?«
»Ich weiß nicht, ob er noch weiß, wie das mit dem

Angsthaben geht. Aber warum müssen wir denn immer über Tankred reden? Gehen wir lieber in die Küche. Da hängen auch Fotos von mir.«

In der dunklen Küche kam lediglich aus dem Backofen ein warmes Leuchten und mit ihm der Geruch nach überbackenen Kartoffeln. Gudrun schaltete das Licht ein, überall glänzten teure Arbeitsplatten aus Granit.

»Die ist wirklich schön, in meiner Küche habe ich nur lauter verschiedene Schränke und einen riesigen alten Tisch.«

Gudrun antwortete nicht, sondern deutete mit dem Finger auf die Bilder hinter mir. Ich wusste nicht, was ich von ihr halten sollte, ich konnte mir nicht vorstellen, wie es ihr erging. Wie lebte es sich mit Tankred? Und wie lebte es sich mit diesem Mädchen, das immer weiter wuchs und nie aufhörte, Fragen zu stellen?

Auch diese Fotos waren harmonisch über- und nebeneinander gehängt, in weißen, blanken, staubfreien Rahmen. Die Bilder sollten von Glück handeln, und Gudrun sah auf ihnen noch jünger aus, als sie es ohnehin war, jünger als ich. Dabei bin ich das auch noch: jung oder noch am Anfang stehend. Ich vergesse das oft. Immer wieder muss ich mich daran erinnern, dass ich jung bin, oder besser gesagt überhaupt nicht alt, erst zweiunddreißig, in unseren Zeiten ist das doch nichts, es kann noch alles passieren, es könnte zumindest.

Auf einigen Bildern war sie mit ihren Eltern zu sehen, in einer Landschaft, die aus unzähligen Zitronenbäumen bestand. Ein anderes Mal hielt Gudrun Marlen als Baby in den Armen. Das Baby wirkte abwesend.

»Bist du früher Motorrad gefahren?«

Ich deutete auf ein Bild, auf dem sie in einem paillettenbesetzten Wollstirnband neben einer jungen Frau vor einer Ehrfurcht gebietend langen Reihe von Motorrädern stand.

»Nein, ich bin nie auf einem mitgefahren. Da war ich mit Elsa auf dem Elefantentreffen. Wir waren achtzehn.«

»Wer ist Elsa?«

»Wir waren so was wie beste Freundinnen.«

Ich dachte zu erkennen, dass Elsa mal eine Libellenlampe bei mir gekauft hatte. Aber vielleicht lag ich auch falsch. Es waren schließlich so viele. Mein Vater sagt dazu: Du vergisst eher ein paar Schüler als sie dich, die werden sich immer an dich erinnern. Aber werd nicht eitel. Es bedeutet einen Scheißdreck und liegt nur am Zahlenverhältnis. Das ist alles. Simples Zahlenverhältnis.

Ich selbst war nie beim Elefantentreffen gewesen. Jedes Jahr aufs Neue hört man sie, im Februar, ein einziges tosendes Dröhnen. Manchmal fahren sie in riesigen Kolonnen über die Landstraßen, manchmal in kleinen Gruppen. Sie sorgen dafür, dass sie allein unterwegs sind, indem sie mitten auf der Spur fahren, die Autos trauen sich nicht, sie zu überholen. Je nachdem, wie die Winter ausfallen, rasen sie entweder über noch vereiste Straßen, an deren Rändern sich der Schnee auftürmt, oder, wenn es bereits zu tauen begonnen hat, preschen sie über den nassen Asphalt.

»Wie war es denn beim Elefantentreffen?«

»Schön war es. Die vielen Lagerfeuer im Wald, die Männer in ihren Lederjacken. Nur, dass es überall nach ausgedünstetem Alkohol stank.«

Dann erschien Tankred in der Küche.

»Ich hätte schon großen Appetit.«

»Er sagt nie Hunger.«

Tankred beachtete uns nicht. Er ging zum Backofen, und Gudrun und ich standen tatenlos dabei, während er, die Hände in zwei blauen Silikonhandschuhen, den Auflauf aus dem Ofen nahm.

»Wir alle wollen doch mehr Sicherheit. Jeder will mehr Sicherheit für die Kinder, die man in die Welt setzt.«

Da blickte ich unwillkürlich zu Marlen. Sie hatte nicht zugehört und schwenkte ihr pinkes Glas hin und her. Es war leer, deswegen durfte sie damit spielen. Das Glas hatte eine doppelte Wand, in dessen Zwischenraum ein glitzerndes Gel eingelassen war, das im Licht des Kronleuchters über dem Tisch aufblitzte.

Auf Hoits Teller lagen noch Reste des Kartoffel-Kürbis-Auflaufs. Mit der Gabel, die er nachlässig und gleichzeitig fest umklammert hielt, wie nur er es konnte, schob er die großzügige erstarrte Käsekruste vom Gemüse.

»Noch mehr Sicherheit?«

Dann schob er den Käse wieder auf ein Stück Kürbis und tunkte es in die Rahmsoße auf seinem Teller.

»Wir sind doch schon nur noch eingemottet von Angst um diese sogenannte Sicherheit.«

»Ich ...«

Dieses Mal klang Tankred ehrlich bemüht, aber auch boshaft.

»... wusste gar nicht, dass mein großer Bruder nach den Eltern kommt.«

»Was soll das heißen?«, fragte ich.

»Unsere Eltern sind Alt-68er, liebe Carli, man könnte auch sagen *Hippies,* planlose, rumvögelnde Hippies.«

»Bitte nicht dieses Wort.«

Gudrun hatte sich gemeldet, zum ersten Mal, seit Hoit und Tankred mit ihrer Revuenummer angefangen hatten, zum ersten Mal, seit Tankred gesagt hatte: *Diese Welt wird immer bedrohlicher, und wir müssen darauf antworten,* und Hoit gesagt hatte: *Ich weiß schon, wie du am liebsten darauf antworten willst.*

»Welches Wort denn, Gudrun? Planlos? Hippie?«

»Ich glaube, sie meint eher *vögeln*«, sagte ich.

Für kurze Zeit konnten alle schweigen, man hörte nur das gelegentliche Schlucken des viel zu trockenen Weins in unseren Kehlen, bis Tankred wieder von den Eltern anfing.

»Was dachtest du denn, liebe Carli, woher sonst diese elendigen Namen Hoit und Tankred kommen?«

»Ich dachte, sie wären exzentrische Zugezogene.«

»Zugezogene sind sie. Und exzentrisch zu sein ist das eine, aber Festhocken in seinem Wahn aus Gute-Welt-Illusionen ist was völlig anderes.«

»Sind sie denn noch ... dabei?«

»Und wie, liebe Carli, erst neulich sind sie nach Berlin gefahren, um gegen die Datenmisere zu protestieren. So nennen sie es. Die Datenmisere.«

»Wieso sollte man sich nicht dagegen zur Wehr setzen?«

»Das, liebe Carli, habe ich nie behauptet.«

»Was dann, Tankred?«

»Unsere Eltern fühlen sich ausgehöhlt und gemaßregelt. Sie sind zu beschränkt, um zu verstehen, dass sie es früher auch schon waren.«

Gudrun fing an, das Geschirr abzuräumen, und Hoit stand auf, um ihr zu helfen. Als Marlen das Tellerklappern hörte, kam sie herbeigelaufen.

»Nachtisch? Wo ist der Nachtisch? Wann gibt es Nachtisch?«

Tankred und ich lachten, aber keiner von uns gab ihr eine Antwort. Als sie merkte, dass wir sie nicht beachteten, lief sie in die Küche und spulte dort ihr Programm ab.

Gudrun und Hoit kamen immer wieder ins Wohnzimmer zurück, um die übrig gebliebenen Teller und Salatschüsseln mitzunehmen. Tankred und ich machten keine Anstalten, zu helfen. Ich sah ihrer Prozession zu, Tankred trank seinen Wein und blickte nach draußen ins Dunkle. Es war etwa neun Uhr, bald müsste Marlen ins Bett geschickt werden.

»Eigenartig«, sagte ich. »Wie schnell unser Essen zu Müll wird, oder? Ich brauche nur eine Serviette auf den Teller zu legen, und schon würde ich nie mehr was davon essen.«

»Als wäre es in der kurzen Zeit zu Gift geworden.«

»Genau.«

»Wie haben Hoit und du euch kennengelernt?«

»Bei einem seiner Konzerte.«

»Warst du ein Groupie?«

»Nein, niemals. Ich glaube, das ist auch die falsche Musik dafür.«

Tankred stützte sich mit seinen Ellbogen auf dem Tisch ab und sah endlich vom Fenster weg und mich an.

»Led Zeppelin hatte mal ein besonderes Groupie. Sie kam mit ihren zwei deutschen Schäferhunden zu den

Partys nach den Shows. Sie hatte immer frisch gebratenen Bacon dabei. Ein paar Stühle wurden aufgestellt, und die Led-Zeppelin-Jungs zogen sich nackt aus und setzten sich brav hin.«

»Und die Leute auf der Party haben zugeschaut?«

»Sie war die Hauptattraktion. Die Led-Zeppelin-Jungs bekamen den Bacon auf eine bestimmte Körperstelle gelegt, wenn du verstehst.«

»Sehr gut sogar.«

»Dann kamen die Schäferhunde und haben den Bacon aufgefressen und alles, was noch nach Bacon roch, abgeleckt.«

»Wow.«

»Ja. Wow. Aber du warst kein Groupie.«

»Noch nie gewesen.«

»War es Liebe auf den ersten Blick?«

»War es bei dir und Gudrun Liebe auf den ersten Blick?«

»Auf jeden Fall.«

Dann kehrten Gudrun und Hoit mit kleinen Dessertschalen zurück, Marlen schritt langsam hinter ihnen her und durfte ihr eigenes Schälchen tragen. Sie balancierte es weit ausgestreckt vor sich. Der gesamte Abend wäre für sie verdorben gewesen, wenn sie dieses Schälchen fallen gelassen hätte. Bei ihr war die Creme als Einziges weiß.

»Das ist Mousse au Chocolat mit Rum für die Erwachsenen und Mousse au Chocolat aus weißer Schokolade für unsere Marlen«, sagte Gudrun.

Marlens Augen waren mittlerweile in großen Murmeln der Erwartung auf die weiße Mousse gerichtet, sie reagierte nicht, als ihr Name genannt wurde, und schien nur auf das Signal zu warten, dass es endlich losgehen konnte. Dann würde es innerhalb von wenigen Minuten keine weiße Mousse mehr geben. Sie konnte es einfach nicht erwarten. Sie sah etwas, das sie haben wollte, und konnte nicht erwarten, es zu kriegen.

Schon immer hatte ich die Müdigkeit nach zu viel Essen halb gehasst, halb gemocht. Wenn ich zu Gast war, mochte ich sie, weil es langsam das Ende des Besuchs einläutete, eine Zeit, zu der man sagen konnte, dass man aufbrechen wolle, und kaum ein Gastgeber würde einen davon abhalten.
Marlen war bereits ins Bett gebracht worden, die leeren Dessertschalen standen unaufgeräumt auf dem Tisch, und Tankred öffnete eine weitere Flasche Wein. Als der Korken draußen war, hielten alle ihre Gläser hin.
Die Paare saßen an den gegenüberliegenden Enden des großen Ecksofas. Tankred hatte seinen Arm um Gudrun gelegt, und Hoits Hand lag auf meinem linken Schenkel, so natürlich und richtig, dass ich das Gewicht seiner Hand vermisst hätte, wenn sie auf einmal weg gewesen wäre.
Wir unterhielten uns über den Kauf der Eigentumswohnung, über Hoits Hof und die Ziegen mit ihrer säuerlichen Milch. Wir unterhielten uns über meine Insektenlampen – glücklicherweise konnte ich die Fragen dazu schnell zum Versiegen bringen – und wir redeten darüber, wie sie auf den Namen Marlen gekommen waren, es hatte tatsächlich etwas mit der Dietrich zu tun. Wir sprachen über Nigeria, den Tschad, Afghanis-

tan, aber nur Unverfängliches. Außer einer Sache, bei der Gudrun noch stiller wurde als sonst und sich auf den Wein konzentrierte, wie er gegen die Wände ihres Glases schwappte. Es ging um eine überstandene Malariakrankheit Tankreds.

»Ich hab noch nie jemanden kennengelernt, der eine derart exotische Krankheit hatte. Was war das für ein Gefühl?«

»Die Kälte am Anfang war nicht auszuhalten, genauso der Flug nach München. Aber sobald ich in diesen Krankenhauslaken lag ...«

»Was war dann?«

»Ich gab auf. Das Brennen und die Hitze kamen. Ich zerfloss. Und dann kann ich es nicht anders beschreiben: Ich wurde glücklich.«

»Aber hast du nicht auch gelitten?«

»Ich sag doch, zuerst das Leid, dann das Glück.«

Ich legte meine Hand auf Hoits Hand, die noch warm auf meinem Schenkel ruhte und mit ihren aufgeriebenen Stellen die Strumpfhose zerfetzte.

»Und, Hoit, wie läuft es mit der Musik?«, fragte Gudrun.

Ihre schweren, vor Schweiß und zerlaufenem Kajal glänzenden Augenlider schlossen sich ein wenig zu lange beim Blinzeln, als ob sie gerne noch länger in dieser Ruhe verharren wollte, in der sie niemandem von uns begegnen musste.

»Wir gehen bald auf Tournee.«

»Im gesamten Niederbayern?«, fragte Tankred.

»Nein, nur hier, im Bayerischen Wald.«

»Nur hier.«

Tankred sprach die Worte vor sich hin und nickte

langsam. Hoit nahm seine Hand von meinem Schenkel, ich konnte das Reißen eines Fadens hören.

»Hier ist es nicht gut genug?«

»Bitte«, sagte Gudrun. »Bitte.«

Sie klang schon nicht mehr flehentlich, sondern darüber hinaus, ich schirmte meine Augen mit der freien Hand ab, um nicht noch einmal die Brüder bei dem beobachten zu müssen, was sie offenbar andauernd taten. Als ich meine Hand wieder wegnahm, stand Marlen verweint im Türrahmen.

»Meine Arme und Beine tun so weh.«

Sie kam in ihrem *Aladdin*-Pyjama auf das Sofa zu. Sie ging nicht auf den Zehenspitzen, wie ich es erwartet hätte, sondern setzte ihre kleinen Füße mit einem klatschenden Geräusch ganz auf dem Parkett ab. So eine Wohnung besaß natürlich eine Fußbodenheizung.

»Wenn es nichts weiter ist.«

Hoit gelang nur ein angespanntes Lächeln, Marlen blieb mitten auf ihrem Weg stehen und betrachtete ihn neugierig. Dann kratzte sie sich am Po und schaffte es trotzdem, gleichzeitig neugierig und ernst dreinzusehen.

»Komm her zu mir.«

Gudrun klopfte sich auf die Knie.

»Was tut weh?«

Marlen hockte sich auf den Schoß ihrer Mutter und ließ ihre Füße mit den sich verschüchtert krümmenden Zehen nach unten baumeln. Tankred nahm ihre Füße, küsste die Sohlen, hielt sie zwischen seinen Handflächen und legte sie dann ausgestreckt auf seinem Schoß ab.

»Ich kann nicht einschlafen. Alles tut weh, hier und hier.«

»Das kann man auch als gute Nachricht betrachten.« Tankred streichelte Marlens Beine.
»Du wächst nämlich. Deine Knochen strecken sich, deine Muskeln dehnen sich.«
»Du wirst ein großes starkes Mädchen«, sagte Hoit. Er legte, besänftigt durch die Anwesenheit des Kindes, seine Hand wieder auf mein Bein.
Alle wollten Marlen diese wunderbare Kunde ihres Wachstums verständlich machen, sie überzeugen, dass ihre Schmerzen gute Schmerzen waren, Schmerzen der Zukunft. Man konnte nichts gegen sie unternehmen, es gab keine Tabletten, Tinkturen oder Salben, sondern nur die Gewissheit, dass wenn Marlen einmal nachts in ihrem Bett liegen und nirgendwo an ihrem Körper die Knochen schmerzen würden, dann hätte sie es geschafft, dann wäre es vorbei und sie bis zu ihrer endgültigen Größe gewachsen und kein Kind mehr.
Marlen hörte aufmerksam zu. Sie schien nicht zu glauben, was man ihr da erzählte, von den Haaren, den Zähnen, der Haut, den Schleimhäuten, wie nichts je still hält, sondern immer weiterwächst und sich erneuert. Aber die Sache mit den Knochen konnte sie nicht verwinden.
»Warum Knochen?«, begann sie zu wimmern. »Ich will keine Knochen haben, Knochen sind ekelig.«
Tankred und Gudrun wechselten einen verwirrten Blick.
»Aber die Knochen halten doch alles zusammen, sie machen deinen Körper fest und stark.«
Und als das nicht half, versuchte es Tankred mit einem Argument, das endgültig alles zum Einstürzen brachte.

»Überleg dir das mal, ohne Knochen wärst du nur ein kleiner Sack.«

Auf das Aufheulen Marlens folgte die Phase des hysterischen Schluchzens, in der jedes Wort durch Schnappatmung zerteilt wird. Trotzdem hörte sie nicht auf, immer wieder von den Knochen zu reden. Dabei konnte sie durch das abgehackte Schluchzen lediglich *Kno-chen* sagen, oder, wenn es ganz schlimm kam, *Kno-ch-en*.

Keiner von uns Erwachsenen konnte verstehen, warum das Vorhandensein eines Skeletts so entsetzlich schien. Also fragte ich sie zwischen zwei Schluchzern:

»Marlen, was dachtest du denn, was in dir drin ist? Du hast doch im Kindergarten bestimmt schon Bilder vom Körper gesehen.«

»Das sind nur so Bilder!«

»Was dachtest du, was in Wirklichkeit drin ist?«

»Alles, was man so isst, und alles, was man so denkt.«

Das brachte uns zum Schweigen. Diese Idee war so viel besser als die Wirklichkeit. Ich strich über die dunklen feinen Härchen auf meinem Unterarm und stellte mir vor, wie dieser Arm, überhaupt dieser ganze Körper laut Marlen aus der zerkauten Käsesemmel von heute Morgen, aus dem Auflauf und der Mousse au Chocolat von heute Abend bestand, und auch aus meinen Gedanken über meine Unfähigkeit, weiterzuarbeiten, oder vielmehr dem Fehlen dieser Gedanken – denn wenn man weiß, dass man an etwas nicht denkt, denkt man trotzdem daran. Gegessenes und Erinnerungen, das war die Materie schlechthin. Man konnte nur hoffen, Gutes zu essen und Gutes zu denken, und das schien kein Problem für Marlen zu sein.

Als sie anfing, sich ein wenig zu beruhigen, strich Tankred mit seinen großen Händen über ihre Pyjamabeine und sagte mit einer Stimme, die selbstbewusst war wie ein stürmischer Fluss, der große Steine umspült und sie über die Jahrhunderte hinweg formt.

»Spatzerl, wir brauchen Knochen, sie schützen unsere Organe.«

Marlen schluchzte und drehte sich zu ihrer Mutter um.

»Zum Beispiel schützen deine Rippen dein kleines wertvolles Herz.«

Sie tippte mit dem Finger auf die Stelle, an der Marlens Herz schlug.

»Durch die Rippen ist es gaaanz schwer durchzukommen, die sind wie ein Panzer.«

Je kindlicher Gudruns Stimme bei der Erörterung der fabelhaften Konstruktion des menschlichen Brustkorbs wurde, desto verzweifelter wurde ihr Gesichtsausdruck. Hoit senkte seinen Blick, als würde er sie besser kennen als alle anderen, Tankred inbegriffen. Ich war nicht eifersüchtig, zumindest nicht sehr, aber ich erkannte, dass Hoit mit seiner Schwägerin eine große Kameradschaft verband und ich nichts darüber wusste.

»Jetzt ist es Zeit, wieder ins Bett zu gehen.«

Im nächsten Augenblick nahm Gudrun die nur noch leise schniefende Marlen auf den Arm. Wir Verbliebenen atmeten auf, als sie weg waren.

»Diese Kinderfragen.«

»Aber Kinder sind ja auch nichts anderes als Erwachsene«, sagte ich vor mich hin. »Sie sind Erwachsene in einer Vorform.«

»Das gilt ja dann für fast alles«, sagte Tankred. »Laufen ist auch nur eine Form von gehen, hungern ist auch nur eine Form von Diät.«

»Na, und dann noch«, unterbrach ihn Hoit. »Hass ist auch nur eine Form von Liebe.«

»Ich habe Hass erlebt, Hass bleibt Hass.«

»Ich meine ja auch nur bestimmten Hass.«

»Und was für einer soll das sein?«

Hoit hielt es aus, nichts zu erwidern und nur ein streitlustiges, eigenartiges Lächeln auf seinen jüngeren Bruder zu richten.

»Wir haben ein Problem.«

Gudrun stand im Türrahmen.

»Marlen will unbedingt, dass Carli ihr was vorliest. Niemand sonst. Vorher will sie nicht einschlafen.«

Marlen lag mit weit geöffneten Augen in ihrem Bett. Ich machte die Tür hinter mir zu und konnte hören, wie im Wohnzimmer hinter mir die Unterhaltung wieder einsetzte.

»Was wollen wir lesen, Marlen?«

»*Aladdin!*«

Von unter der Decke holte sie ein Buch hervor. Sie rückte ein wenig zur Wand, und ich setzte mich zu ihr.

»Nein, du musst dich hinlegen.«

»Hinlegen?«

»Erst dann darfst du lesen.«

»Lesen wir von Anfang an?«

»Von da an, wo der Dschinni und der Teppich auftauchen.«

Das flache Buch war großformatig und gebunden, der Rücken war eingedrückt, die Ränder und Ecken angeschlagen. Ich blätterte es durch. Jedes Mal, wenn der Dschinni abgebildet war, wies sein blauer Geisterkörper blassere Stellen auf. Sein blauer rauchiger Geisterkörper, der nach erledigter Arbeit wieder platzsparend in einer alten Lampe verschwand, wie man sie auf dem Flohmarkt hätte kaufen können. In Waldesreuth bestanden die Flohmärkte – einmal im Monat sonntags, auf dem Parkplatz neben der Post – aus unbrauchbarem Familiengeschirr, das die Kinder, die selbst schon alt sind, verkaufen wollen, weil ihre uralten Eltern gerade gestorben sind und ihr Kranz noch frisch am Grabstein mit dem christlichen Spruch liegt. Mit einem Spruch wie *In Frieden ruht* oder *Mit Gott ruht*. Niemand stirbt hier in echt, alle ruhen nur, und alle sind währenddessen mit Gott beisammen.

»Gut, hier können wir anfangen, hier geht es darum, wie Aladdin zum ersten Mal an der Lampe reibt.«

»Und dann kommt der Dschinni.«

»Genau«, sagte ich. »Dann kommt er und erfüllt einem Wünsche.«

»Wenn der Dschinni dich fragt, was sagst du dann, was du dir wünschst?«

»Ich glaube, ich hab schon alles.«

»Ich würd mir wünschen, dass es keine Knochen gibt. Dass die einfach keiner hat.«

Wir lagen nebeneinander im Bett, und ich hatte das Buch auf meinem Bauch abgestützt, beim Umblättern riss ich einige Seiten an. Wir lasen, wie Aladdin, der sich mit seinem kleinen diebischen Äffchen durchschlägt, die Lampe zu fassen bekommt. Wir lasen vom Dschinni, dem Flaschengeist. Dann tauchte der fliegende Teppich auf.

Marlen streckte ihre Hand unter der Decke hervor und berührte die Zeichnung mit ihrem Zeigefinger.

»Wo fliegen die hin?«

»Wo auch immer sie hinwollen.«

»Und wohin genau?«

»Weit, weit weg.«

»Und was machen die weit, weit weg?«

»Die suchen nach einem schöneren und besseren Ort, wo die Menschen netter sind und wo sie tun können, was sie wollen, weil sie niemand kennt.«

Marlens Gesicht war so nah an dem meinen, dass es nur aus riesigen kindlichen Augen bestand, die mich aus einer Tiefe anstarrten, an die ich mich vage erinnern konnte. Dann fragte sie:

»Und wo ist das?«

DANK

Ich möchte mich bedanken bei
Jörn, Jens Sparschuh, Josef Haslinger.
Sie waren für mich eine unschätzbare Hilfe bei der Entstehung dieses Bandes.